U0035757

地獄之南

潘壘——著

總序

無擾為靜，單純最美

記得三十年前大二那年暑假，我一個人待在陽明山，窩在學校附近的宿舍裏——避暑、看書、打球，日子過得好不愜意。那時候我瘋狂的迷上讀小說，其中最喜歡且印象最深刻的就是潘壘寫的《魔鬼樹——孽子三部曲》、《靜靜的紅河》（以上皆聯經出版）。那年暑假我糾結在潘壘筆下小說人物的內心世界裏，山與海彷彿都充滿著熱與火，劇情結構好像電影，有鏡頭、有風景，愛恨糾纏，直叫人熱血澎湃。那是我年輕時代裏最美好的一個暑假，此後就再也沒有過。總覺得那年暑假帶走我少年時最後一個夏季！那段山上讀書無憂無慮的日子，在我記憶裏總是如此深刻。

之後幾年，我一直很納悶，像潘壘這樣一位優秀的小說家，怎麼會突然就銷聲匿跡似的，再也不見蹤影？難道他已經江郎才盡？或者他早已「棄文從影」？又或者是重返故鄉，至此消逝於天涯？我抱持這樣的疑惑，直到真正遇見他本人。

那是十年前（二〇〇四年）某天下午，《野風雜誌》創辦人師範先生，很意外地帶著一位看起來精神矍鑠的長輩造訪秀威公司。當他們突然出現在辦公室時，我一時還真有點手無足措，當時我正和幾位同仁開會，小小的辦公室擠不下更多的人，開會的同仁們見狀一哄而散。我一得知坐在師範身旁的就是作家潘壘時，當下真是驚訝到說不出話來，不是矯情，真正是恍然如夢。因為有太多年了，我幾乎再也沒有聽過潘壘的消息；就像已經有太多年了，我幾乎忘掉那一個青春的盛夏！

我們好像連客套的問候都還沒開始，潘壘先生就急著問我是否有可能重新出版他的作品，而且如果能夠的話，他想出版一整套完整的作品全集。我當時才確認，潘壘八〇年代以後再也沒有新作問世。他突然丟出這個難題，我一時竟答不出話來，想到這套作品至少有上百萬字，全部需要重新打字、編校、排版、設計，這無疑將會是一筆龐大的支出，以當時公司草創初期的困窘，我實在沒有太多勇氣敢答應。對於這麼一位曾經在我年輕時十分推崇而著迷的作家，竟是在這樣一個場合下碰面，我實在感到十分難堪。在無力承諾完成託付的當下，我偷偷地瞥他一眼，見他流露出一抹失落的眼神，老實說，我心情非常難過，甚至於有一種羞愧的感覺。這件事、這種遺憾，我很少跟別人說，卻始終一直放在心上，直到去年。

去年，在一次很偶然的機會裏，我得知國家電影資料館即將出版《不枉此生——潘壘回憶錄》（左桂芳編著），秀威公司很榮幸能夠從中協助，在過程中我告訴編輯，希望能夠主動告知潘壘先生，秀威願意替他完成當年未竟的夢想，這次一定會克服困難，不計代價，全力完成《潘壘全集》的重新出版。對我來說，多年的遺憾終能放下，心中真有一股說不出來的喜悅。作為一個曾經熱愛文藝的青年，已屆中年後卻仍有機會為自己敬愛的作家做一些事，這真是一種榮耀，我衷心感謝這樣的機會，這就像是年輕時聽過的優美歌曲，讓它重新有機會在另一個年輕的山谷中幽幽響起，那不正是我們對這個世界的傳承與愛嗎？

最後，我要感謝《潘壘全集》的催生者師範先生，感謝他不斷給予我這後生晚輩的鼓勵與提攜；同時也要感謝《文訊雜誌》社長封德屏女士，感謝她為我們這個時代的文學記憶保存許多珍貴的資料；當然，本全集的執行編輯林泰宏先生，在潘壘生活的安養院裏花了許多時間跟他老人家面對面訪談，多次往返奔波，詳細紀錄溝通，在此一併致謝。

無擾為靜，單純最美。當繁華落盡，我們要珍惜那個沒有虛華、沒有吹捧，最純粹也最靜美的心靈角落。當潘壘的生命來到一個不再被庸俗干擾的安靜之境，當他的作品只緩緩沉澱在讀者單純閱讀的喜悅中，我想，一個不會被忘記的靈魂，無論他的身分是「作家」，或是「導演」，都將永遠活在人們的心中。

謹以此再次向潘壘先生致敬！

二〇一四年八月一日

一

微雨的黃昏。這班廣九快車拖著短短的幾節車廂，有氣無力地緩緩駛過這個冬天的，枯黃而顯示著死亡意味的原野。

鉛灰色的天讓人有沉重的感覺，而沒有晚霞暮靄的黃昏卻帶來更深濃的悲愁。尤其是路旁枯樹上，被驚起的寒鴉所發出的那種乾澀的囂叫，彷彿就是在證實那個即將到來的不幸的徵兆。這種威脅，幾乎比他們（列車上大部份的旅客）心靈上那個比魔鬼還壞的威脅更甚。因為，這兒已接近他們朝夕想望的——夢的邊緣！

這兒已接近生與死的邊緣，光明與黑暗的邊緣。還有短短的一段行程，列車便要到達這段行程的終點：深圳。

在列車後段其中一節車廂裡，朱克從上車開始，便一直站在座廂外的車門過道上。他不進座廂去的原因，並不是由於裡面太擁擠；相反的，裡面的旅客非常寥落，差不多每個人都可以佔有兩個以上的位置。他非但不進去，而且他還十分機警的將身體躲藏在走道的轉角上，不讓車廂裡的人看見自己。

他穿著一件很舊的黑大衣，一頂灰色的呢帽低低的壓在額上，使他的臉部幾乎整個的藏在帽簷的暗影裡。他站著，背靠著板壁，他那雙發光的眼睛裡面閃爍著一種奇異的光澤；雖然他在極力抑制，強作鎮定，可是，它仍然是那麼強烈的流露出來。有些時候——當他故意忘掉一些甚麼可怕的事情的時候，他那略為寬濶的嘴角便會有一種極其自然，而且充滿幸福的笑意浮現出來。但，每次，當他正要從這種酩酊中找尋那已失落（應該說是被他拋棄）的生活、理想和記憶時，他隨即又醒覺過來。在這一瞬間，他的整個意態所顯示的：是極度的恐懼，以及對即將到來的厄運無法防範的絕望和憂慮。於是，他緊張地向四週窺望，直至他認為自己適纔的思想並沒有被背後，或者隱藏在甚麼地方的「眼睛」覺察出來時，他纔鬆下這口氣。

現在，他又重複了一次這種情形。不過，這一次他並沒有疑神疑鬼的，害怕甚麼人會發覺他的這種思想。因為兩邊的車門是關起來的，只有他自己站在這狹窄的走道上。所以，這次他想得很遠，遠得使他幾乎懷疑這就是事實。他的眼睛透過門窗，迷失在外面那片蒼涼的原野上。他彷彿看見：天是那麼藍，金黃色的稻田在暖風中起伏，鵓鴣在林子裡叫……

突然，一個小站在車笛的響聲中掠過他的眼前，他的心隨即緊縮起來。時間的接近和縮短，愈來愈使他不安了。他緊閉眼睛，制止著自己的激動，然後隨手摸出一支捲曲的香煙啣在嘴上。當他的右手伸到大衣袋裡找火柴時，他驀然可怕的睜開眼睛，隨手將香煙扔掉。

他那隻手心滲著汗液的右手，在大衣袋裡緊緊的捏著那副冰冷的手銬。

他隨即又恢復原有的鎮定，將身體向座廂的甬道口移過去，然後側著頭向裡面窺望。他看見他的目的物仍然坐在右邊那個面向著他的，靠窗的座位上。在讀著報紙。

「過去吧，你還在等甚麼呢？」他聽見自己的另一種聲音在說：「假如你這樣讓他逃掉了的話，你想過會有甚麼後果嗎？——去呀！這是你的任務！」

他故意回轉頭，露出一種狡黠的笑意，像是已從這種違抗中得到了滿足。

「怎麼不可以呢？」他在心裡問自己：「這是一個難得的機會。如果你放棄了，就要拿一生的痛苦來後悔這件事情了！」

他同意了心裡的話。於是他的右手在大衣袋裡堅定地將手銬放開，然後又摸出一支香煙，將它點燃。很快的，他又陷入沉思裡……

二

座廂裡面。也許是由於人數太少，使車廂裡的旅客們心裡發生一種奇怪的，不安全的感覺；似乎車廂裡面應該像以前的那些日子一樣，擁塞得滿滿的——如果是這樣的話，現在他們就可以將自己躲藏在那些人裡面。至少，空氣也會比目前活潑暖和一點。

現在，他們冷漠地坐著，面容憔悴，眼色困倦而失神，直直地望著一個甚麼地方；彼此很少交談，彷彿談話是被絕對禁止似的。甚至連嬰孩們也受了這種氣氛的感染，好奇的睜著大眼睛，安靜地睡在母親的懷抱裡。他們除了身體隨著火車節奏單調的路軌聲在微微的擺動外，幾乎可以說是被膠在座位上；連思想也被凝固於這種無形的激動中。

以整個車廂來說，要算右排坐在反方向的座位上讀報的那個人最安閒。他穿著一套半舊的灰色青年服，身材高而略為顯得荏弱。他讀報的耐心，使坐在對面左排走道旁的一位少女感到驚訝，雖然她也在專心的看一本小說。假如說，她斷斷續續的停下來，以一種好奇的眼光去打量對面的那個男人，是由於看這本小說，只是為了排遣旅途上的寂寞（她曾經看過好幾遍）；不如說，那個年輕人的某一種動作和態度使她不解。

她想：他這份報紙最少也看了兩三個鐘頭了，他始終沒有將報紙反過來看，同時，即使他們之間的距離那麼近，她仍然沒有機會看清楚他的面貌。她記得，當她和自己的父親上車時，他已經坐在那兒讀報了。她只粗略的看見他的側面，是屬於瘦削的那一類型的。現在當她的眼睛又離開手上的書時，坐在她身旁的老人制止地用肘拐碰碰她。

她望了父親一眼，露出一絲微笑。

「這個人真奇怪！」她靠近老人輕輕地說。

「別去管人家。」老人慈愛地呵責。然後回頭向窗外望；窗外暮色更滿，原野現出一個灰色的輪廓。

「快到深圳了吧！」老人喃喃地說。

「快了，」少女回答：「大概還有個把鐘頭。」

「聽說石龍茶山附近，他們時常……」

「爸，」她拉緊老人的手臂，低聲安慰道：「不會這麼巧的！就算碰著了，也只不過耽擱幾個鐘頭，換幾根路軌，不會有甚麼大麻煩。」

老人苦澀地笑笑。女兒的樂觀雖然增強他的信心，但在另一方面卻又加深他的憂慮。他總覺得，到目前為止，這一段旅程的順利並不是一個好的預兆，似乎應該受到一點小周折纔合理似的。其實，他自己也很明白，在精神上，他已經整個崩潰了，他再也不能受到任何一點點刺激。從那個所謂「偉大而光明的日子」開始，他所遭遇的事情使他懷疑自己是怎麼生活過來的。他並不怎麼富有，但他非常珍惜自己數十年在窮困中掙扎，刻苦地建立的事業。可是，現在整個完了，他被「反」了出來，老妻病死，那個聰明壯健的兒子被送到北韓去當砲灰……

這些都已經過去了嗎？他驟然畏縮了。

於是，他緩緩地回過頭，以一種憐惜的目光注視著唯一的一個女兒。從她那秀麗的容貌中，他窺見已死去的老妻和兒子的影像，以及以往那些幸福的生活。一種強烈的，深潛於靈魂中的慾望開始熾旺地燃燒起來——為了要彌補他的遺憾，他勉力振作自己，想盡種種方法，要逃出這個悲慘可怕的地方。現在，他們經過一段漫長而疲憊的旅程，快要到達死亡的最後一個驛站。假如命運能夠對他們仁慈一點的話，他們便可以到達那個夢魂縈繞的世界，獲得眾多的人所失去的，寶貴的自由了。

但，他隨即又軟弱地垂下頭。因為，他知道，雖然到達深圳是這段旅程的終點；可是要越過魔鬼這道血染的門檻，卻只是一個開端。在那個地方，他們會遭遇到甚麼呢？即使是司管命運的神靈，也是無法預測的。

女兒覺察到父親這種不安，於是她搖搖他的手臂。

「爸，您又怎麼了？」

「沒甚麼，」老人掩飾地笑笑。「妳還是看妳的書吧，我想休息一會兒。」

等到老人靠著椅背閉目假寐之後，周明夷再重新拿起手上的小說。不過，她感到有點煩燥，只看了兩行，便看不下去了。適纔父親這種有點反常的意態在擾亂她，使她不得不回過頭去望他一眼。她明白父親這一次的計劃，完全是為了自己；可以說他已經將所有的希望，完全寄託到她的身上了。

在玄想間，她驀然感到有點異樣。直至她完全清醒過來，纔發現對面的那個男人在注視著自己——不，應該說，她在緊緊的注視著那個人。

那個人手上的報紙已經微微的挪開了一點，露出一張冷峻的臉，他那雙深沉的眼睛裡佈滿了疑惑，還摻有點憂悒的意味。現在，她看見他那輪廓明顯的嘴唇鬆弛開來了。是一個樸實的微笑，雖然笑裡有點自嘲的成份。

周明夷的臉陡然紅起來，她像是受了驚嚇似的，連忙靦腆地從他的眼睛中逃開。

可是，蕭瑟仍然在打量著她。在笑著，一面在心裡譏誚自己的多疑。

誠實點說，蕭瑟並不是在讀報；而且蕭瑟也不是他的真實名字。他的原名是蕭索——只要從這兩個真假名字上，便嗅到強烈的文學氣味。沒有比介紹這類人更簡略的了：他是一個曾經被他的主人捧上天的作家。不過，他那未泯的良知使他漸漸發覺，這個「新世界」並不是他理想中所追求的地方。他感到空氣渾濁，使他窒息，當他明白自己已經失去反抗的能力而消沉下來的時候，命運開始替他安排另一條路。他被送到勞動改造營去改造。於是，他終於下了一個比死還大的決心——總而言之，他逃了出來。他運用寫小說的機智，技巧和手法：怎樣掩護自己，怎樣沿路向那些「幹部」賄賂路條，怎樣揑造一些令那些檢查人員相信的事實。從南京而漢口；從漢口而廣州。現在，已是最後的，而且是最重要的一段旅程。為了謹慎起見，他用一張報紙掩蔽著臉部，重複著當中那一段枯燥無味的官樣文章；強迫著自己將它啃熟。他以這種方法抑制自己的激動和焦躁。

突然，他緊張起來。雖然他沒有看見，但他已經那麼真確的感覺到自己被人注意了。於是他屏息著呼吸，極力保持鎮定，仍然裝作悠閒地讀著報。停了停，他微微移開報紙，看見對座的周明夷沉肅地盯著他。最初，他的確引起了驚恐，一時有點手足無措；但，他馬上又鬆弛下來。因為她雖然朝著他望，可是她的眼眸是黯淡無光的，他知道她正陷於深不可測的思想中。現在，他看見她清醒過來了。他從她的不安和羞怯中發現她是一個純潔而動人的女孩子。因此當她扭開頭，避開他的凝視後，他仍然以一種並不怎麼唐突的眼色端詳著她。

他十分喜愛她那垂在肩上的，兩條烏黑的髮辮。雖然那兩道眉毛略嫌濃黑，但配起她那雙大而瑩亮的眼睛，卻恰如其份，反而使她的意態顯出幾分無邪的稚氣。

就在這個時候，周明夷又向蕭瑟這邊望了一眼。及至她接觸到他的凝視，發現他仍在注意著自己時，她匆匆低下頭。而他卻忍不住笑起來了。為了不讓對方難堪，他重新挪動一下身體，將報紙翻過一面——

在這短短的一瞬間，他驚惶地將報紙遮住自己。因為當他翻動報紙的時候，他已經那麼真確的望見，朱克的半張臉露在座廂外過道的轉角上，雖然那半張臉隨即又從那個地方消失。即使如此，他仍然能夠很快的從記憶中將這個印象搜索出來，他曾經在甚麼地方遇見過。等到他將這些事情聯串起來，他幾乎已經窺見那個他永遠逃不掉的厄運正在向他逼近了。

他發現自己的手心沁著汗液，脛骨在微微地顫抖。車窗外，雨愈下愈大。腦子裡空虛而又昏亂。再望望前面，看不見那個跟蹤他的人。突然，他又發覺對座那位少女的大眼睛在疑惑的望著自己，和剛纔那一次不同的，是她沒有半點羞怯和不安。

但，這個時候，他已經不能顧慮這些事情了。他焦急而驚惶地又望望前面，再回頭望望後面的車門。沒有時間讓他再作考慮，他急忙扔開報紙，站起來，向後面的車門逃去……

可是他剛向後面跨開兩步，腳步驟然停下來。

他看見鐵道巡查隊已經從這邊的走道口走進車廂。那位滿臉假笑的隊長走在前面，後面跟著六個全副武裝的士兵。

這種情勢已經替他決定了。他隨機應變地從衣袋裡摸出一支煙，向旁邊的旅客挨過頭去。

「勞駕，借個火。」他說。

那個並沒有在吸煙的旅客猶豫地望望他，然後纔從衣袋裡將火柴掏出來。

他顫著手，劃了三根火柴，纔將煙燃上。向那位旅客道了謝，他扭轉身，猛一抬頭，朱克已經陰鬱地站在前面的走道口，逼視著他。

他震顫了一下，隨即強作鎮定地噴掉口中的煙，回到自己原來的座位上坐下來。當他要想攤開那張報紙作為遮掩時，他又接觸到周明夷那雙困惑的眼睛。

三

巡查隊進入車廂之後，那位「面貌可親」的隊長站在走道口，雙手捏著一隻灰色的紙夾。

「各位旅客，」他用一種矯飾的溫和語調說：「現在我們再來麻煩你們一次，請大家把證件和路條拿出來。」

車廂裡沒有半點聲音。巡查隊長向兩邊掃了一眼，開始依次檢查過來……

在一位中年人的面前。他審視著手上的路條，皺皺眉，然後向著那位客人低聲問。

「這張路條，您是打哪兒買來的？」

那位客人驟然變色，適纔的鎮定完全失去了。他直直地望著隊長的眼睛，囁嚅地回答：

「不，不是……是——是區政府發，發的！」

「哦！」隊長現出一副同情的神氣，隨手將手上的路條放進紙夾裡，平淡地說：「那麼，也許是區政府打哪兒買來的！這可得勞駕您一趟囉。」

說著，他冷漠地向背後的士兵做個手勢。站在前面的兩個士兵便上去將那個默然不語的旅客架起來。

他們繼續向前檢查……

蕭瑟下意識的將身體微微向下縮。他的路條已經掏出來了，現在正攤在他的手上。他望著它。他知道，愈接近邊界，檢查愈嚴厲，雖然這張贋品曾經使他安全渡過好幾次難關；但，他越來越對它失去信心。目前他幾乎已經想像得到，當它交到那位滿臉笑容的巡查隊長的手上時所發生的事情了。

他專注於這個思想中，連對座的少女對他那長久的注視也沒有發覺。

在周明夷的心中，她說不出自己對這個陌生的男人所發生的，是一種甚麼情愫？是由於他那沉鬱的意態？或是他那種抑制的驚惶？總之，她同情他，就像一個孩子同情一隻跌落獵人網裡的小鹿，她從它的眼睛中窺見它掙扎時的痛苦和恐懼。

她看見巡查隊已走近蕭瑟的隔座。那個瘦小的男人緊緊張張地將路條遞給巡查隊長，他的妻子惟恐自己的丈夫會突然從身旁失去似的，愁苦地望著他，緊緊的擁抱著懷裡的嬰兒。

巡查隊長仔細的看過路條，當那個瘦小的男人發現他的嘴角浮出一種冷酷的笑意時，臉色驟然變得慘白。

「起來！」巡查隊長用生硬的聲音命令。但嘴上還留有冷笑的殘餘。

那個被命令站起來的男人最初怔了一下，隨即慌亂起來。他無意識地伸出他的手，企圖作最後的掙扎。

「同……同志！」他吶吶地喊道：「我，我是跑──跑單幫的呀……」發現這個隊長並不理會他的解釋，於是他情急地向其他的人求援：「各，各位！我……我真的是跑……」

巡查隊長的臉色在轉瞬間變換了季節。他嚴厲地，用一種不耐煩的聲音喝道：

「我叫你起來你就起來！」

這個瘦小的男人失魂落魄的向身旁的妻子睨望一眼，遲疑地站起來。他的手不必要地揮動著，絕望地叫喊：

「我……我沒犯法！我──我有路條……」

巡查隊長的鼻管輕輕的哼了一下。他粗野地一把摘下那個人的帽子和眼鏡，然後連著用力摑了他兩下耳光。

那個人倒在座位上。他的妻子這時像是纔回復意識似的，她驚惶地挨近她的丈夫，緊緊的抓住他的手臂；懷裡的嬰兒因她這種突然的舉動尖聲哭喊起來。

巡查隊長乖戾地笑著，從紙夾內翻出一張照片，伸到那面如死灰的男人的面前。

「怎麼樣？」他溫和地放低聲音問：「我沒弄錯吧？」

當巡查隊長退開一邊，讓身後的士兵上去拖那個男人起來時，那個人緊抓著座位和他的妻子，用一種嘶啞的，近乎呻吟的聲音叫號。那個女人顯然已經完全失去了主意，她的嘴唇顫動著，沒有聲音，大顆的淚珠不斷的從她那可怕地張著的眼睛中落下來……

但，這種騷動很快的便結束了。只有那個無知的嬰兒在發狠地號哭。

看見那個巡查隊長不懷好意地盯著自己走過來，周明夷微微向父親的身旁挪動一下。她看見蕭瑟伸手到衣袋裡去摸些甚麼，他臉上露出一種奇怪的神氣。

現在，巡查隊長的腳步停在蕭瑟的卡座前。當他的目光從周明夷那邊移過來，看見蕭瑟仍在低頭看報時，他有點不快活地用紙夾敲敲車座的靠背。

蕭瑟仍然不動，像是根本不知道這回事。

這種情形非但令那位在替他擔心的少女不解，連座廂外面的「跟蹤者」也不得不將身體站出來。從巡查隊進入車廂開始，朱克便在盤算著，萬一事情的結果真的如想像中那麼壞，那麼他應該採取甚麼行動？因為假使蕭瑟被他們抓走，他的計劃便要功虧一簣了。不過，他馬上又安慰自己，他認為蕭瑟既然能夠穿越過這許多省份，他當然早有準備。但，現在這種情形使他驟然緊張起來，他完全猜度不出這個逃犯這一次有甚麼脫身的法門。

巡查隊長再敲敲車座，這時蕭瑟纔將手上的路條舉起來。但他仍然沒有抬起他的頭，繼續在讀著報。

巡查隊長想要發作，不過他接住蕭瑟的路條之後，臉上那一層陰霾隨即完全消散了。他向身邊的士兵瞟了一眼，然後以紙夾作掩護，用一種敏捷熟練的動作將路條夾著的那一疊大額人民幣留在紙夾裡，然後將路條塞回蕭瑟那始終舉著的手內。再裝作若無其事地過去檢查周明夷那邊。

蕭瑟閉起眼睛，深長而沉重地吁了口氣。他胡亂的將那張假路條放進衣袋，順手摸出一支煙啣在嘴上，當他將煙點燃，微仰起頭用力的將第一口煙噴出時，他瞥見座廂外面的朱克很快的閃躲起來。

於是他又急忙將煙撳熄。望了望繼續檢查過去的巡查隊，又望了望還留在後面車門守衛的兩個士兵，他突然發覺這是一個機會。所以當車廂的檢查即將完畢，後面那兩個士兵向他們走過去，擁塞在過道口時，他連忙站起來。纔要起步，由於那逐漸慢下來的火車突然停止，他一時站不穩腳，以致整個身體跌靠在周明夷的座邊，將她手上的那本小說碰落在走道上。

他有點失措地重新站穩，匆匆的向被他的舉動駭住的少女點頭致歉，然後彎下腰去準備替她撿起地上的書。但，他剛伸手出去，驟然又吃驚的將手縮回，匆遽地向後面的車門奔逃……

少女困惑地望著蕭瑟那踉蹌的背影在車門消失，她纔伸手去將書拾起來。

這個時候，朱克墊起腳跟，從巡查隊和下車旅客的肩頭上望見蕭瑟從那邊車門逃走。他焦急地要想從這邊車門下車，然後繞著月台過去追趕；可是車門已擁進幾個旅客，而且他這種慌張的神色引起巡查隊長的懷疑，所以等到他向巡查隊長證明了身份，蕭瑟已經跨進第三節車廂了。

當蕭瑟逃到第三節與第四節車廂之間的車門過道時，他曾經要想下車，但，車站月台四周有好些武裝的士兵在守衛，於是又打消了這個念頭。再回轉身，他順著走道望過去，看見那個跟蹤他的人已經漸漸逼近了，只隔著一節車廂。於是他繼續向前面的車廂逃去，朱克在後面追趕……

現在，汽笛響過了，火車又開始蠕動……

他們穿過第五節車廂，第六節車廂。蕭瑟對這種奔逃開始絕望了，因為他已經看見車廂的盡頭。而更不幸的，顯然他與朱克的追逐已引起車上所有的人注意；雖然那些旅客只用一種驚訝的眼光望著他，還不至於做出甚麼對他不利的行動。可是在他跨進最後的一節車廂時，他看見好幾個幹部已經站起來，作一個攔截的姿勢。

看見這種情勢，他連忙返身衝出這節車廂的過道，而朱克已經橫在距離自己只有十步的面前了。

在這間不容髮的危急間，一個強烈的意念驟然在蕭瑟的心中燃燒起來。他喘息著，血管在膨漲，火車因加速而起的震動和響聲替他添增了勇氣，直至朱克和那幾個軍官逼近時，他一手拉開車門，閉著眼睛跳出車外去……

四

這天下雨的午夜，在深圳。

當聯合巡查隊按例的到平安客棧來檢查過之後，劉老闆將那兩扇木板門重新虛掩起來。

「他娘的！又是一次！」他回轉身，喃喃地詛咒著。然後蹣跚地回到樓梯邊的那張老式小帳櫃前，困難地將他這顯得臃腫笨重的身體倒在那張大靠椅上，這纔深深的吁了口氣，將那雙細小而浮腫的眼睛閉起來。

一具古舊的時鐘在牆頭上響著，發出單調的聲音……

他是一個年紀在四十開外，身材高大而肥胖的中年人。禿頂，濶腮，濃黑的眉毛下面，是兩隻細小而混濁的眼睛；眼睛上面覆蓋著兩塊沉重肥厚的眼皮，下面卻垂著兩個長著黑斑而漲滿了水份的皮囊，使他的容貌現出一種無精打彩的，貪婪的神情。他的鼻子滾圓，鼻孔粗野地向上翻著，嘴的四週長滿了鬍髭；時常有意地裝著笑，可是，他的笑就像他這個人一樣冷酷。從他那肥大的後腦到頸項間，斜斜的爬著一條紅色的可怕的疤痕，不知道是要想遮掩還是另有其他原因，他老是喜歡不時用他的左手去撫摸著它。尤其是當他被某些事情困擾，或者是生氣的時候，他這種動作使他的神態變得更加陰險乖戾了。

他就是那種所謂「真神假鬼全見過」的老江湖，曾經幹過無數種曖昧的行業。平時，他極力在隱瞞這些；可是有些時候，他卻將這些經歷作為鎮壓別人和衛護自己的符咒。大陸變色之後，也只有他這種人纔能翻身出頭，所以，不知是怎麼一來──那就是說當他從武漢混到深圳沒多久，「刀疤老六」這個諢號在他看來，似乎已經失去了某種意義，甚至有點不屑於再提起了。

現在他是劉老闆，是這家小客棧的主人。

但以深圳這個地方來說，平安客棧只能算是最下等的一種旅寓。它是一幢低矮狹仄的，破陋不堪的木板樓房。那兩扇枯朽的店門右邊，是一排板窗；晚上上起格板，早上卸下來。門邊，擺著一張板桌和幾條長櫈，店堂中央，豎著一根木屋柱，上面烏黑的屋椽上掛著一盞馬燈；使這整個狹隘的空間染上一層黯淡愁慘的光澤。裡面，右角是廚門，左角豎著一把沒有欄杆的樓梯，劉老闆便睡在樓梯下面那間用木板釘起來的，只放得下一張床的小籠子裡。那張他整天不離的帳櫃，便擺在樓梯旁；水牌，登記簿冊等物，成排的掛在梯板邊。

因為樓下的店堂是前簷伸長的，所以樓上的面積要比樓下小些，它一共分隔為四個小小的房間：前面有兩間並排著（一號和二號客房）；三號客房在左邊，緊貼著二號客房；對面，另一間較小的擠在梯口，只留下一條僅可容身的走道。所以住在樓上的人，上上下下，都要從這間小房間的門前經過。

雖然只有四間小客房，可是，平安客棧的生意仍然十分清淡，難得客滿。原因是現在旅行並不是一件平常的事。不過劉老闆似乎並不關心這些，因為除了將它作為一個容身之所，他還利用它來掩護他所經營的，兩種獲利較豐的買賣——一個女人和偷運人口。

關於前者，那就是住在樓上梯口那間小房間裡的「小揚州」。她是一個二十七、八歲的女人，小揚州其實並不是她的本名，也不是揚州人，那是她墮落的第一天妓院老闆替她取的；以後人家都用這個名字叫她，現在連她自己都漸漸將她的真實姓名淡忘了。和所有的離亂人一樣，她也有一段淒涼的身世：她本來是一個到城裡去幫傭的村姑，遇人不淑，終於淪落在風塵中。後來劉老闆從武漢那間下等娼寮裡替她贖身，帶到深圳來。現在，她是屬於劉老闆的。白天她管理客棧的一切雜務，晚上接客。她除了經歷過那許多不幸的遭遇，從未接受過任何教育，她永遠是單純而愚昧的；除了吃、喝、睡眠和情慾，她不能再了解甚麼。對於生活，她是那麼誠篤的，毫無怨尤的接受這個悲慘的命運。但，從另一方面看，命運已經教會她怎樣去適應逆境，怎樣去求生，怎樣用那種冷酷而淡漠的目光去看所有的事情了。

至於偷運人口，劉老闆這第二種副業，在深圳卻是一個人所共知的秘密。儘管共匪的特務機關和邊防駐軍怎樣嚴密地防範戒備，但仍然有無數人在這條狹窄的河上以生命向命運博取自由，或者是死亡。可是，他這種比蛇蝎還狠毒的勾當卻恰恰相反：他將這家客棧佈置成一個可怕的陷阱，引誘那些鐵幕逃亡者跌進去。他並不是將這些不幸的人送到對岸，而是由那個通稱為「蛇頭」的帶路人將他們交到共匪的手上，再將這些逃亡者送進死亡的黑獄。和他合作經營這種買賣的，一個是叫做張雄的「蛇頭」，另一個是邊防局特種派遣隊的趙隊長。

驀然，遠處傳來兩聲清脆的槍聲，尾後拖著一串沉重而生澀的迴響……

陷在沉思中的劉老闆驚覺地張開眼睛，向牆上的時鐘斜睨了一下，有淡淡的喜悅從他那兩片厚厚的，摻有冷酷意味的嘴唇上浮現出來。

也許是由於一種習慣，他隨手將掛在梯邊的那本旅客登記簿拿下來，細心地翻閱著，最後停留在其中的一頁上。於是他含糊地低聲唸著填寫在上面的名字，年齡和籍貫；再想想他們的相貌和動作姿態——譬如那個姓石的女人在這天早上向他提起她的丈夫時那種悲切的神情：她一邊在抽咽，一邊在扭動著細長的手指。而那個身體瘦弱，有很嚴重的口吃習慣的年輕人，剛纔（在一個鐘頭之前）還激動的緊握著他的手，由於過份感激他的「大恩大德」，以致說了半天說不出一個字……

彷彿這些對於他是毫無意義的，他漠然地笑笑。然後拿起毛筆，在那兩個不幸的名字上畫一個小小的十字。

「又去了兩個！」他唸著。在他說那個「去」字的時候，無論是聲調和意態，都包含著一種特殊的意味。他從來沒有認真的替這些去了的人想過。這又算得了甚麼呢？他常常這樣向自己說：假如在以前，我刀疤老六……

總之，假如用現在去和以前比的話，那麼「劉老闆」的確要比「刀疤老六」仁慈得多了！根據他的理論，這個世界本來就是人吃人的世界，不去吃別人，就得被別人吃；歸根結柢，只是為了一個字——錢！

想到錢，他隨即將今天晚上這筆買賣的所得，小心而公平的計算起來。

「二八一十六！」他撥著算盤的黑珠，喃喃地重複著：「二八一十六……」

這個時候，小揚州躡手躡腳的從樓梯上一步一步的走下來。她穿著一套花色庸俗的短衣褲，腳上套著一雙土黃色的紗襪。她望望下面那並未發覺她下樓的劉老闆，便在樓梯的半腰上坐下來。她支著手肘坐著，吸著一支煙，她只是以一種困倦而淡漠的神態望著她的主人，並不準備去驚動他。

而劉老闆那肥大的手指，仍然笨拙的在算盤上撥弄著，像是再將那幾個黑珠子上上下下多打幾次，他所計算的數目便會增加起來似的。最後，他忿忿的用力將算盤一抖，陡然感到煩躁和憤慨起來。

他的憤慨是有來由的。記得在四個月以前——那是說：在他還沒有和這個負有特殊任務（將逃亡者截回）的趙隊長勾結，將這家客棧佈置成一個陷阱的時候，他每天晚上，只要替那些要想偷渡過去的逃亡者拉拉線，介紹蛇頭，便可以安安穩穩的從雙方得到兩份收入；而且，假如他發覺對方是個沒路條的問題人物，還可以額外的勒索到一些意外之財。後來，由於共匪沿途檢查加嚴，同時不輕易簽發路條，以致能夠到達深圳的人日漸減少；因此，為了生意愈來愈清淡，也為了要想多賺兩個錢，曾經立誓洗手不幹黑買賣的刀疤老六忽然動起這個鬼主意。但，勾結的結果，並不如他們（他和由他拉進夥的蛇頭張雄）的理想那麼美滿。如果說得更透澈一點，那就是「引狼入室」，「偷鷄不著蝕把米」！趙隊長大權獨攬，作威作福，非但那些「黃魚」（偷渡者）身上的「油水」沒他們的份兒，連應得的報酬也變為施捨，是趙隊長所賜的恩惠。在這種騎虎難下的情勢下，除了忍受下來，企求用阿諛和曲意奉承博取這位「主子」的恩寵之外，一切都顯得那麼絕望。現在，雖然他和張雄可以在帳上拆到一半，可是和以前那些日子一比較，便不由得他不憤慨了。

他詛咒道：

「他娘的！纔分到四百塊！」

放好帳冊，他又橫過頭去瞟了瞟牆上的時鐘。

「怎麼還沒有回來呢？」他盯著時鐘的鐘擺，不滿意地用手指去搔搔鼻子，從他那已經坐了好半天的靠椅上站起來。回過頭，似乎感到有點寒意，於是他攏攏袖子，一邊自語，一邊向店堂踱過去。

「都差不多去了兩個鐘頭了，他娘的！就是爬，也早該爬回來啦！」說著，他在板桌邊停下來。突然好像纔想起甚麼事似的抬頭叫道：「——小揚州！」

大概有意看他發作，坐在樓梯上的小揚州仍在吸著自己的香煙，沒有回答。

等到劉老闆第三次提起嗓門叫喊，小揚州這纔用一種懶散的聲音應道：

「你嚷個甚麼勁兒呀，我不是在這兒嗎？」

劉老闆吃驚地回轉身，瞅著她。而小揚州卻沒讓他再開口，在梯板上將煙蒂撳熄，便扶著板牆站起來。

「我說老闆，」她邊下樓，邊說：「你一個人──二八一十六，二八一十七的，在唸些甚麼呀？」

劉老闆頹然在條櫈上坐下來。

「我唸甚麼？我唸錢！」他忿忿的說。

「這也用不著向我生這麼大的氣呀。」

「我生氣，我生誰的氣？」他痛恨地扭轉頭。「他娘的，今兒晚上連半個客人都沒有！」

「沒客人，還不是路軌壞了！難道這也怪到我頭上來嗎？」小揚州冷冷地分辯：「誰叫那些游擊隊成天出來鬧，而且，這場雨一下就下個沒結沒完的！」

劉老闆想了想，找不出其他的理由，於是他無可奈何的望她一眼，緩和地說：

「對！對！我那兒敢怪妳呢──那麼，我的酒，總可以給我端出來了吧？」

「噢！我差點給忘了！」

看見小揚州這種要死不活的樣子，要想咒罵，但，他又容忍著。等到她從廚房裡將一壺熱酒端出來，他已經端端正正的，坐在板桌前面那個靠牆的老位置上。

當他斟上第三杯酒，纔發覺小揚州像是在等待甚麼似的，靜靜的站在他的身旁。

「現在沒妳的事，」他說：「妳還是上妳的樓去吧。」

「那麼，」小揚州貪婪地向他伸出手。「我的——」

「妳的——妳的甚麼？」

知道他在裝糊塗，但她還是說出來：

「我的份兒呀！剛纔走的那兩條黃魚，是我搭的線嘛。」

「真他娘的見錢眼開！」劉老闆厭惡地擺擺手。「少不了妳的！我的五十塊錢，明兒就算給妳，妳還是安心的挺妳的屍去吧！」

小揚州狡猾地笑笑，又說：

「那麼，還有張雄和趙隊長的呢？」

「我知道，我替妳收就是了，妳還怕明兒我會賴掉？」

於是，小揚州纔滿意的回身向樓梯走過去。但纔走兩步，劉老闆卻又說起話來。

「不過呀，」他拖長著音調：「假如趙隊長今兒晚上不在這兒歇的話，人家張雄……」

小揚州急忙轉身，截住他的話：

「你不是答應過我，客人讓我自己挑的嗎？」

「話是不錯；可是人家張雄對妳，倒是一片真心啊！」

「管他真心假心，」小揚州將頭一撇。「反正我就是討厭他！」

劉老闆又替自己斟了一杯酒，故意望著杯子說：

「妳就是喜歡那頭湖南騾子！」

「嗯，我就是喜歡他！」

「我真有點弄不懂，趙隊長又比張雄好到那裡去呢？再說，那個共產黨是有良心的——」劉老闆驚覺地住嘴。

小揚州窺破了他的心意，突然無緣無故的乾笑起來。

「管他有沒有良心，」她坦率地說：「我喜歡他，就是喜歡他。沒有道理！」

「真他媽狗咬呂洞賓！」他重重的放下酒杯，惱怒地嚷道：「好！就算我說不過妳！妳喜歡誰就去喜歡誰，反正與我無關。總之，我只曉得每宿拿十塊錢！」

「這就是啦！」小揚州刁難地接著問：「人家趙隊長少過你一個子兒嗎？」

「對，他沒有少我的！現在妳總可以上妳的樓了吧？」

「是你叫住我的呀！」

「那就算我叫錯好了。」

小揚州得意地笑了。等到她上了樓，劉老闆又乾了一杯酒，由於最近小揚州的不馴和言語的頂撞，那股被抑制的怒氣跟著冒了起來。他在心裡詛咒著：

「這臭婊子幸虧是愛上了個小小的隊長，假如愛上了毛『豬屎』，那還了得！」

第二杯酒到了唇邊，他又重重的放下了。當他霍然站了起來，要想到樓上去「殺殺這臭婊子的驕氣」時，忽然聽到板門外有腳步聲由遠而近。停了停，門被推開，一個矮小乾瘦的男人披著一件濕淋淋的雨衣走進來。

「媽的，這倒霉的雨！」他脫下雨衣，小心在掛在門角。然後拍去帽子上的水漬，掠掠頭髮，再將那頂帽子戴起來。他一邊怨恨地重複著說：

「這倒霉的雨，老子在河邊差點兒就摔他媽的一跤！」

劉老闆重又坐下來，側著頭，不懷好意的望著他。

他在門角擦淨了鞋底的泥污，纔將頭抬起來。他穿著一套陳舊的中式黑布夾衣褲，左胸的錶袋口吊著一根不值錢的鍍金錶鍊；他大概是喜歡時常將手插在那兩隻衣袋裡，所以袋口的布質也褪了色。他頭上戴著一頂變了樣的，無論風吹日曬雨打都不除下的鴨舌帽，那雙狡猾而明亮的眼睛，在那高高的顴骨上機警地轉動著；他的雙頰凹陷，使他的嘴邊那幾根粗而稀疏的鼠鬚，含有一種猥褻奸詐的意味。

他在劉老闆的左側坐下來。自管自地斟了一杯酒，正想喝，突然發覺對方那雙疑惑的眼睛，纔想起從自己進門開始，這位老闆就沒說過一句話。看看他的臉色有點不對勁兒，於是歉然地笑著說：

「你等得不耐煩了吧？」

劉老闆半瞇著眼，淡淡地笑了笑。驀然湊過頭去出其不意地問：

「那兩個傢伙身上的油水怎麼樣？」

「身上的油水？」瘦皮猴有點驚惶地楞了一下。

「別裝蒜啦！」

明白了對方轉的甚麼念頭，他隨即乾澀地笑起來。

「油水？」他故作輕鬆地說：「你還怕會輪得到咱們頭上嗎？趙隊長的手腳，你又不是不知道！」

「要不然，怎麼會去了那麼久？」

「雨呀，我的老闆！」瘦皮猴皺著眉頭，有神沒氣地解釋：「天又黑，路又爛，我把那兩條黃魚送到了河邊，交了貨給他，就先摸回來了。」

「都是實話？」

刀疤老六並不完全相信他的話。他慢慢的伸手去摸摸頸上的刀疤，沉肅地加上一句：

「當——當然是實話！」瘦皮猴震顫了一下，急急的回答：「難道說，我，我張雄幾時騙過你？」

劉老闆跟著緩和下來，他裂開嘴笑笑。

「呃——我只不過是隨便問問，咱們弟兄那還談得上個騙字！不過呀，」他故意頓了頓，注視著張雄，「趙騾子這樣做未免欺人太甚了，你想想：黃魚身上的油水他獨吞，還要在咱們的帳上拆一半；再說，他把那些能夠報的黃魚報上去，上面還要給他來個論功行賞哪！」

刀疤老六這一番話正好觸到了這條假蛇頭的弱點，於是他激動起來。

「就是這話啦！」張雄不滿地喊道：「賺這兩個倒霉錢，咱們就等於在替他搞！」

「張雄兄！」

「甚──甚麼？」

劉老闆用一種試探的語氣說：

「我看，這件事，咱們不忍不忍，也四個月忍下來了！現在，總該攤開來和他談談了吧？」

「哦，你想找他多分幾個？」張雄反問。

「怎麼，不可以？」

「我看呀，沒那麼容易！」

「這又有甚麼困難？」

恐怕這件事情騾子會怪到自己的頭上，膽小畏縮的瘦皮猴喝了一口酒，然後瞟了意態沉鬱的刀疤老六一眼，心灰意懶地說：

「咱們還是別做這個夢吧！他呀，錢就是他的命！」

「那你的意思是──算了！」劉老闆不悅地緊接一句：「就讓他啃咱們，是不是？」

「話雖然是這麼說，」張雄為難地解釋：「不過，吃進了狗嘴裡的肉，你──你還以為他肯吐出來？」

「吐不吐是他的事！」劉老闆斜著眼睛瞅著張雄。「就算是甘心讓他吃，咱們也得把話說說明白；要不然，給他吃甜了嘴——那就更難侍候啦！」

張雄望著酒杯，他知道劉老闆正盯著自己。最後，他默默地乾了杯裡的半杯酒，膽怯地低下頭說：

「改天再說吧！」

「隨你的便！」劉老闆火起來。他頭一揚，怪聲怪調地嚷道：「反正，這些好處又不是我一個人的！」

之後，張雄低頭不語，悶頭悶腦的灌著酒。

屋子裡只有鐘擺和兩打在前面屋簷上的響聲。

忽然，樓上有點響動。張雄的頭跟著抬起來，他望望梯口，想了想，然後扶著板桌站起來，向樓梯走過去。

劉老闆不去望他，當背後的張雄正要踏上樓梯時，他一邊斟酒，一邊冷冷地說：

「我說你最好是別上去！」

「……」張雄停住腳。

「免得待會兒給騾子撞見了，又惹麻煩！」

這句話傷了瘦皮猴的自尊心。他猛然回轉身，不服地嚷道：

「撞見，撞見了又怎麼樣？你——你當我怕他？」

「不怕，我知道你不怕。」劉老闆譏誚地拖長著音調說：「不過我說，你要狠？過去了再跟他狠！別忘了這兒是深圳，咱們這口飯，還得要瞧瞧他的臉色纔敢嚥下去呢！」

「就算他是皇帝，又怎麼樣——小揚州又不是他的！」

「可是今兒晚上倒是他的啊！」

聽見劉老闆冷言冷語的刺激自己，張雄雖然也知道完全是為了剛纔談「分黃魚身上油水」的那回事；不過，對於他和小揚州，他記得劉老闆從來沒說過半句公道話。在四個月之前，他和小揚州也是好過來的。那個時候，他還是一個真真實實的「蛇頭」。只是後來被刀疤老六拉進來和趙隊長合夥幹這樁黑買賣之後，小揚州變了，變得連手碰一碰她都犯法。但，劉老闆卻一心去巴結這頭「騾子」。有些時候，也會用「讓我託人到廣州去再買一個回來」這種話安慰他，不過，連他自己也解釋不出；為甚麼這樣喜歡小揚州——即使她已經變了心。所以，現在當他聽見劉老闆說「可是今兒晚上倒是他的啊！」這句話時，他實在忍耐不住了，於是他向前跨一步，老羞成怒的吼起來：

「是他的！是他的又怎麼樣？」他揮舞著他那隻乾瘦的手。「哦，他的錢就是錢？老子的錢就不是錢？他，他是甚麼東西！老子——」

瘦皮猴的手在半空中停住了。當他正想惡毒地咒上一句時，突然臉色大變，張口結舌的楞在那兒。

劉老闆機警地回過頭。這纔發現那位趙隊長正含著一個陰險的笑，直挺挺的站在門口。

五

當趙隊長在河邊那個老地方，從張雄的手上將「貨」接妥，然後押回那間比地獄還悲慘黑暗的破廟——特種派遣隊的隊部裡去之後，他在那裡面耽擱了一些時候，纔回到平安客棧來。他一邊走，一邊搖擺著那隻從那個有口吃毛病的年輕人身上搜出來的金掛錶，心裡在計算著這次買賣的收穫。一種不能自制的喜悅使他輕輕的哼著那些淫褻的曲調。及至他走近客棧的門外，他隱隱的聽到「刀疤老六」和「蛇頭」在談論著自己，於是他連忙將那已伸出的手從板門上收回來。他專心的傾聽著，嘴角不時露出一些殘忍的笑意。在他的心中，他們對於他，就如同工具之對於一個工匠一樣，共產黨員很了解這一點；只要他認為這件工具已失去使用的價值，只要他高興，他隨時隨地都可以用數不清的理由，毫不費力的將它們毀滅掉，或者拋棄。至於小揚州，儘管這個無知的可憐的女人怎麼死心塌地的迷戀著他，而他卻無動於衷。但，他又需要她；這種需要如果說是愛，不如說是一種情慾上的本能。因為當他長久的過著那種嗅不出人味的生活方式之後，他對於「愛」的反應是那麼微弱，甚至已經完全麻木了。可是對於張雄的要想染指，他卻感到極度的痛恨。

現在，他將板門輕輕的推開了，看見劉老闆和張雄在發楞，便故意裝作苦無其事地走進來。用腳向後踢上板門。

他將肩上的黑油布披風一抖，順手摔到右邊牆角的櫈子上，然後笑著向板桌走過來，歉然地說：

「對不起，對不起，讓你們久等了。」

劉老闆和張雄同時鬆下這口氣。

「哪裡，哪裡，」劉老闆連忙擺動了一下身體，然後向呆站在梯口旁的張雄使了一個眼色，隨機應變的說：「呃——老張，你去端的菜呢？」

「啊，呃……是的，馬上就來！」張雄支吾地應著，趁勢走入廚房。

看見趙隊長在注視著張雄，劉老闆一邊替他斟酒，一邊用話岔開：

「我們還當你不來了呢？」

趙隊長冷冷的笑了笑。等到張雄將一碟醃肉和一壺熱酒端出來，他纔刁詐的望望樓上，有意味的喊道：

「你們以為我真的捨得不來？」

「來，隊長，」劉老闆接著說：「快喝一口酒，去去寒！這個要命的天氣，真是的！」

騾子明白刀疤老六的意思，但他並不放鬆這個捉弄瘦皮猴的機會。於是他故意碰碰這個神魂不寧的蛇頭的杯子，生硬的說：

「來，張雄兄？咱們一起乾！」

張雄心驚膽戰的乾了杯裡的酒，然後將衣袋裡的人民幣掏出來，苦笑著說：

「咱們還是先把帳分了吧！」他調侃的瞟了騾子一眼。「好讓隊長你快點上去舒服舒服！」

「對，對！」劉老闆眨眨他那雙混濁而昏然欲睡的眼睛，補充道：「尤其是在這種下雨天，嘿……」

於是，他們以三種不同的心情和聲音笑起來。

張雄將那些紙幣推到趙隊長的面前，用一種並不快活的聲音數著：

「五百，一千，一千五……，呃——兩條，總共是一千六。喏，都在這。」

「你在半路上，沒要他們加價？」趙隊長古怪地瞅著他，輕聲問。

蛇頭吃了一驚，隨即有點慌張地將身體挺挺，指著天違心地說：

「天，天理良心，我敢賭咒——」

「隊長，」劉老闆急急的搶著問：「是不是那兩條黃魚後來跟你說的？」

趙隊長從鼻管裡含糊的哼了兩下，沒再說下去。在一捆鈔票裡面取下一疊，然後將其餘的用手背掃到劉老闆的面前。

「這是你的——四百！」他說。

劉老闆那隻肥胖的手指開始忙碌起來。他用心的一張一張的數，嘴唇跟著在蠕動。這種動作，對於這兩天在骨牌上手運不佳的張雄是一種誘惑；他望了望，眼睛又落在趙隊長的手上。他看見驟子從另一捆中取下其中的一疊，於是他的手自然而然的向上一提，嚥下一口吐沫。

可是趙隊長並不馬上將他應得的錢給他，他伸手到衣袋裡去摸出一支捲曲的香煙，細心的用手指將它揉直。這動作費了好些時候，像是在猶豫些甚麼；因而他的臉色比先前更難看了，雖然他的臉色在他這張馬臉上從來沒有好看過。用手將軍帽向後腦拉拉，他將香煙啣在那兩片烏黑的嘴唇間。假如不是因為上嘴唇太短的話，那麼就是因為他的上門牙太「前進」，它們遠遠的伸出唇外，使他的嘴老上閉不攏來。而他的鼻子卻長得很端正，以致整個看起來顯得不大相襯；彷彿如果他有一個鷹鈎鼻纔比較合適似的。現在，他慢條斯理的將煙點燃，深深的吸了一口，再讓嘴裡的煙慢慢的沿著嘴角流出來，向上升去。他那雙單眼皮，眸珠凸出，而且在下面佈著青痕的眼睛，卻含著一種詭譎的意味，直直的瞠視桌上的那堆紙幣。

半晌，他纔抬起頭來。一邊將那些紙幣塞進衣袋裡，一邊輕巧而平淡地望著張雄說：

「扣掉四百塊，你還欠我二千七！」

張雄料不到會有這一著，於是不以為然地問：

「怎麼，你要扣賭帳？」

「哦——賭帳就不是帳？賭帳就不該還啦？」

「還是還，呃，不過，」張雄沮喪地咕嚕道：「就算要扣，也得慢慢的扣，現在就——呃，這未免太……」

看看對方這副苦惱相，騾子笑得更自然了。將香煙從嘴上挪開，他半冷半熱地說：

「真他媽的！百把幾十塊，算得了甚麼？用得著這——樣！」在桌邊輕輕的敲掉煙灰，他翻起眼睛望著樓板。「再來幾條，不就扣清了嗎！」

蛇頭被扣了錢，本來倒並不打算發作，而且也沒有這個膽量發作。不過，現在騾子這兩句話使他被種奇怪的情緒激動起來。「再來幾條，不就扣清了嗎！」這句話的意思，就是說他還要繼續扣下去。他想，假如反過來說，昨夜這場賭局自己是贏家的話，那麼這筆帳只好眼看著它長毛，眼看著他爛掉了。想到這，雖然他極力在忍耐，依然脫口而出。

「當——然，」他冷冷的，又酸溜溜的頂撞：「百把幾十塊算得了甚麼，還抵不過一條黃魚身上油水的零頭！」

刀疤老六的眼睛隨即明亮起來。他瞧瞧那已經開始後悔說出這種話的蛇頭，又扭轉頭去看看那臉色發青的騾子。他幸災樂禍地在心裡喊道：

「他娘的，今兒晚上準有好戲瞧！」

果然，這場戲馬上開始了。趙隊長臉色一沉，黑眼珠跟著翻到上面去他嘴一歪，吐掉嘴上的半截香煙。

「格娘賣×的！」他用那種難聽的湖南土話問道：「你說甚麼油水不油水的？」

屋子裡馬上沉靜下來。

「怎麼不說呀？」騾子湊過頭去。

張雄發覺自己失言，所以楞著，不敢再響。

看準了這是個機會，刀疤老六連忙以一種圓滑的語調，向完全失了主意的張雄說：

「呃，我說張雄兄，你有甚麼話，就不妨說出來聽聽。反正趙隊長又是咱們的合夥弟兄，有甚麼不好商量！」

張雄想不到劉老闆會說出這種像是與他無關的話，竟然把剛纔慫恿他的事推得一乾二淨。於是他頓了頓，怨恨的橫了劉老闆一眼，無可奈何地抬起頭。

「呃，這，這話……」蛇頭不順嘴地說：「遲說早說，總——總得說說明白！反正，呃——你隊長又是明白人……」

「用不著拐彎抹角，」趙隊長頭一揚，大聲說：「有屁請放！」

「……」張雄被嚇住了，他求援地望了劉老闆一眼。

而劉老闆卻套著袖管，裝作沒看見。

「說呀，怎麼又裝起狗熊來了！」

緊接著趙隊長這句話，河邊傳來一排緊密的機槍聲……

他們同時仰了仰頭，傾聽著。張雄猛然憶起七個月前，他從廣州因偷竊而亡命深圳來，開始幹這行買賣的第一個晚上：也曾經被岸邊的哨兵掃射過——五個偷渡者中，他就是唯一的一個死裡逃生的人。以後，他提心吊膽的幹了幾個月。他想：如果不是因為要多弄幾個錢來討好小揚州，以及刀疤老六甜言蜜語的拉攏，他也不至於會上這個鈎的！現在錢非但弄不到，反而失去了小揚州。而且，這是一件秘密事情，對外，他仍然要裝成一個蛇頭。如果說不幹，那除非是自己不想再活下去。這幾方面的事情合起來，他已經覺得自已很有點「打掉了牙齒往肚子裡嚥」的那種滋味。所以當趙隊長再一次逼問時，那股怨氣驀然又升騰起來。於是，他咬咬牙，用一種像是並不是他所發出的聲音回答：

「沒別的！就是咱們的帳拆得不公平！」

「公平？」趙隊長頓了頓，接著厲聲問：「要怎麼樣纔算公平？」

「這事，」張雄昏亂地說：「我就等於在賣命嘛！下雨刮風，都得去，而且，還背這麼大的風險！」

「背甚麼風險？我又沒有叫你把那些黃魚帶到對面去！」

「對啦！這就不要到河邊去『送貨』啦？再說，纔掙這兩個錢！」

「你想要多少？」

由於趙隊長的威逼，劉老闆的袖手旁觀，張雄已經變成一頭被追逐的，無路可逃的野犬。他掙扎著，發出那種惶亂，激動而絕望的叫喊：

「那，那能跟你比呀！接接貨，就分一半！而且——那，那些黃魚身上的油，油水……」

「哦——」騾子這纔明白過來，他獰惡地笑笑，說：「兜了半天的圈子，原來是眼紅黃魚身上的油水！」

張雄疲乏的抬起眼睛，但隨即又萎靡不振的垂下頭。

「既然也想分一份，」趙隊長繼續溫和地說：「就開門見山的說好了，又何必跟我來要這一套呢？」

「是呀，隊長說的是。」沉默半天的劉老闆這時阿諛地接嘴。但，他跟著就嚇了一跳。

趙隊長的馬臉一拉，重重的一拳打在板桌上，桌上的杯盤跳動起來。

「我老實的告訴你！」他厲聲說：「黃魚身上的油水，是我白拿的！你如果眼紅，也去賣祖賣宗，爬他媽的二萬五千里，我姓趙的不讓這個隊長給你幹，我就是王八蛋！」

看見張雄面無人色的癱在板櫈上，劉老闆連忙端坐起來，收拾這個殘局。

「隊，隊長，你千萬別生這個氣呀。」他息事寧人地解圍。接著又望著張雄斥責道：「真是的，你灌飽了貓尿嗎，說話也總得有個分寸！說句老實話，我是無所謂的；多分幾個，少分幾個，又會怎麼樣？說穿了，這口飯還不是隊長你賞的嗎！就算再不知足，也不敢分甚麼油水不油水呀！」

騾子聽著，垂著眼睛在思索。

「不過話說回來，」刀疤老六繼續有條有理的說：「所謂親兄弟明算帳。並不是貪圖甚麼，只不過，呃——」他裝作為難地拖著聲調：「近來，近來生活高，一切開銷都大，所以，我們的意思嗎——」

趙隊長摸摸下巴，突然截住劉老闆的話。

「哦——」他翻起眼睛，乾澀地笑笑。「原來是『你們』的意思！」

劉老闆尷尬地唔了一下，連忙拿起酒壺去替對方斟酒。

「來，隊長！喝……喝酒！」

趙隊長將杯子挪開，一本正經地說：

「好吧，就說說你——們的意思來聽聽看！」

「……」

「說呀！」

「只要隊長你說一句，我們還敢聽半句嗎？」劉老闆裝著笑臉回答。

「不，現在咱們是講究『民——主』，還是你們說。你們究竟要怎麼算？只要說出來，我就照著辦！」

對方這樣一「慷慨」，刀疤老六真的反而說不出來了。趙隊長看在眼上，亮在心裡，於是接著冷笑道：

「得了吧，要說就像剛纔那樣，放開膽子說，別來這呀那的！」他瞟瞟張雄。「——好，既然劉老闆，這位『中間人』不肯說，那麼就請咱們張雄兄說好了，反正張雄兄的口才又不壞！」

張雄軟弱的抬抬頭，依然沒有下文。

「嘿！怎麼一下子大家都客氣起來了？」騾子獰惡地笑起來。他突然舉起杯，捉弄道：「來來來，咱們先喝一口酒，也許是因為嗓子眼兒讓醃肉給堵住了！」

刀疤老六和黃牛無可奈何地舉起杯。

「現在好一點了吧？」放下杯，騾子假情假意地問。

停了停，劉老闆終於以一種委曲的，半吞半吐的聲調說：

「呃，我們的意思，就是……拆帳方面，我是說，就算讓隊長你吃點虧……」

「……」

「呃，是不是可以，呃，咱們來個，三——三一三十一？」

「好，依你們的！」趙隊長霍然站起來，爽快地回答：「三一三十一就三一三十一！」掃了他們一眼，他故意又低聲問：「那麼，那些黃魚身上的油——水，又該怎麼分法呢？」

「這，這……」刀疤老六急急地答辯：「隊長，你這樣說，不就是把咱們不當人了嗎？」騾子古裡古怪的笑起來。

「那麼，再沒有甚麼問題了吧？」看看他們沒有反應，於是他跨過板櫈，說：「那——我先失陪了！」

他大模大樣的向樓梯走過去，踏上二步，他忽然微微回轉身，斜斜的眈視著他們。

「不過，」他用一種低沉而摻有威嚇意味的聲音警告道：「我說你們以後可得好好的給我放明白一點，別以為我對你們『寬大』，你們就得寸進尺，有了面子還要裡子。我怎麼樣看待你們，你們肚子裡應該有數；說難聽的，如果不是看在你們的工作對於『人民』有好處，你們還會有今天呀！」

「……」

「我的話到此為止，」騾子的鼻管哼了一下。「很簡單，如果認為是吃虧，就請便，大家拆夥好了！」

說完，他轉身用沉重的腳步上樓。

等到樓上小揚州的房門響過之後，劉老闆和張雄纔將目光收回來，互相望了一眼。

「王──八──蛋！」蛇頭忍不住咒罵，隨手端起酒就喝。

劉老闆用眼色制止他，壓下嗓門說：

「在背後罵他，又有個屁用！」

張雄沉鬱不語。

「總而言之，一句話！」刀疤老六偵伺著蛇頭的神色，挑撥地說：「不幹掉他，咱們這口飯就吃不長！這小子那一天瞧咱們不順眼，咱們那一天就得回老家！」

「幹掉他？」蛇頭嚥下一口吐沫，驚異地低聲問。

劉老闆回頭望望梯口，再注視著張雄。

「呃，我說老弟，」他蠱惑地說：「只要你肯安這個心，有甚麼不可以？你想，在河邊哪一天不死三幾個人？你在『交貨』的時候把他幹了，鬼纔知道！」

黃牛翻翻眼珠，在想。

「而且，幹掉他，你就怕沒有新的隊長來跟咱們合夥啦？你說，哪一個共產黨不要錢？」說話的頓了頓，變換一種幻想的語調說：「到了那個時候，新的隊長是『生手』，咱們可是『行家』啦！那些黃魚身上的油水，還怕它飛了？」

聽的人微微的點著頭，有點心動。刀疤老六連忙趁虛而入。

「而且，」他接著說：「如果你不把他幹掉，小揚州你這輩子就休想！」

「嗯，話是滿簡單的！」蛇頭吐了一口氣。

劉老闆伸手摸摸頸上的刀疤。

「事在人為呀，老弟！」他陰狠地瞇著眼睛。「放開膽子好了。要幹，明兒個咱們再好好的商量商量。難會你還怕我刀疤老六的計謀會出岔嗎？」

樓上傳出小揚州那淫蕩的笑聲……

張雄痛恨地抬起頭，詛咒道：

「媽的！臭婊子！」

「好啦，你現在先別罵，」劉老闆誘惑地笑著說：「幹掉他——她不就還是你的？」

「好！」蛇頭咬咬牙，決然地站起來，回身到門角去取雨衣。

「怎麼，這麼晚了還要走？」劉老闆跟著過去，故作關切地說：「我看就在這兒將就將就算了，反正房間全空著。」

張雄沒搭理地將雨衣穿起來。打開板門時，劉老闆將剛纔分到的四百塊錢塞給他，好心好意地說：

「你先拿去作賭本吧，有了再還我！」等到張雄將錢裝進袋裡，他又叮囑一句：「——明兒早點來，咱們好好的計劃一下！」

張雄含糊地應著，走了。

劉老闆關好板門，向屋柱走過來時，他的嘴角泛出一層止不住的，殘忍乖戾的笑意。他得意地自語道：

「哼！讓他們去鬼打鬼，誰死了都與我無關，總之，我還是平平安安的做我的好買賣！」

於是，他望望時鐘，伸手去將掛在屋椽上的馬燈熄掉。

六

第二天，天剛透亮的時候趙隊長就醒了。雨還在下。

昨晚談判之後，他上了樓，拉開了小揚州的房門，但並不進去；他順手故意用力的將房門關上，然後輕手輕腳的下了幾級樓梯，將身體貼靠在樓梯的轉角上。從板縫間，他看見劉老闆和張雄在說些甚麼，由於聲音太小，他連一句也沒聽清楚。不過，從他們的神態上，他知道他們在說的，敢擔保，「絕對不是好事情」！

等到他再輕手輕腳的回到小揚州的房間，剛踏進房門，就被旁邊一個預伏在黑暗中的人緊緊的抱住。

這突然的行動使他驚慌地掙扎著，連忙伸手到腰間去。但他的手剛摸到手槍，他又廢然地鬆弛下來。

「妳這個小妖精！」

小揚州得意地笑起來了。她鬆開手，躲到床上去。

趙隊長摸索到床頭，劃亮一根火柴，將油燈點燃。這纔發現小揚州在手上把玩著那隻帶鍊的金掛錶。

「你說要給我的，是不是這一隻？」小揚州快活地問。

他一把抓住她的手，用力一扭，粗暴地將那隻掛錶搶過來。

「給妳？妳的手腳可真快呀！」他撫弄著掛錶說。

「你不是答應給我一隻的嗎？」小揚州揉著被他扭痛的手，噘著嘴抱怨。

趙隊長隨手摸了摸褲袋，將剛才從那個姓石的女人手上剝下來的那隻圓形手錶，和一對假珠耳環掏出來，扔到小揚州的身旁。她連忙將它們撿起。

「是不是那個女人的？」她將那隻手錶放到耳邊聽聽，再戴在腕上，端詳著問。

「妳管它是誰的！不要的話，還給我！」

「呦！人家問問都不可以？」小揚州撒嬌的白了他一眼，然後要求他替她將耳環戴起來。

趙隊長並沒有照著做。他接過耳環，將它們放到床頭的小几上。

「這個時候了，妳怎麼還不睡？」他問。

「還不是在等你嗎！」

「等我？」騾子冷冷的笑笑。「妳用不著在我面前要這一套！妳只要一蹲下來，我就知道妳是要拉屎還是撒尿——我看，是在等妳的手錶！」

心事雖然被他道破，但小揚州依然嘴硬地說：

「誰纔稀罕你這隻破錶，喏——還你！」

「也好！」趙隊長出乎小揚州意外的伸手接過來，平淡地說：「這隻是破錶，妳去找張雄送一隻好一點的給妳好了！」

小揚州楞了半天，她想不到趙隊長會說出這種無情無義的話；雖然他平常也說不出甚麼中聽的。但，現在實在使她太難堪了，而他卻非但沒有半點歉意，反而自管自的站了起來，背著她，開始脫他的衣服。她知道，在這個時候向他來軟是沒用的。於是她眉頭一揚，矜持地笑起來。

「你怎麼知道的？」她裝模作樣地問：「他已經告訴你啦？」

這句半真半假的話反而將趙隊長問住了。他含糊的唔了一聲。背後的小揚州接著用那種奇怪的聲音說下去：

「我本來就沒有向他要，他說他在蹶子那邊看見一隻長長的女人錶，是在賭台上押進來的，價錢不大。他說圓錶已經過時了，現在是時興長的！」

「……」

「我叫他拿回來看看，」她喋喋不休的繼續說：「他倒痛快，說甚麼也要送給我。明兒就帶來——你說我怎麼好意思回絕他？人家又是好意！再說，人總是有情的，而且我從前跟他，還有過那……麼一段，是不是？……」

不知道是為了甚麼，趙隊長越聽越不是味道。他霍然回轉身，不耐煩地問：

「這些話他是甚麼時候向妳說的？」

「就是你剛纔回來之前呀——甚麼事？」小揚州假作驚惶地反問。

「剛纔？」

「可不是，他在房裡纏了半天纔下去的！」

騾子跨前一步，滿肚子的不舒服。

「妳也讓他纏？」他嚴厲地詰問。

「我有甚麼法？」小揚州輕蔑地回答：「劉老闆還特地關照我：假如你今兒晚上不來，還要我接他呢！」

「妳答應了？」騾子沉下聲音。

「誰叫你不愛我！」小揚州振振有詞地分辯：「一個女人不求這，你說還求些甚麼？」

趙隊長本來已經煩燥，現在聽到小揚州又提起這套「愛」的論調，更加火起來。他拉拉腰帶，粗暴地叫道：

「格娘賣×的！一天到晚沒別的，不是愛呀！就是感情呀！良心呀！你們這些人的死腦筋，就是丟不掉這些『包袱』！」

「我不懂甚麼包袱不包袱！」小揚州忿忿地說：「如果要別人不碰我，那麼你為甚麼不拿五千塊錢來贖我？」

「……」

「而且，」小揚州望著趙隊長，突然軟弱下來，她轉換一種深情的口吻說：「我自己還有幾錢金子，一點私房……」

「……」趙隊長脫掉上衣，在床邊坐下來解鞋帶。「妳以為刀疤老六捨得放妳走？」

小揚州溫馴地在床上用膝移近趙隊長，用手從背後環抱著他的頸，傷心地懇求道：

「只要你說一聲，還怕他敢不答應？」

趙隊長心煩地用力解開她的手。

「妳又不是不知道，我們『解放軍』是從來不強迫老百姓的！」

「那就是說你不願意要我了？」等到他在床上空餘的地方躺下來，她才囁嚅地問。

他反轉身，一手將坐著的小揚州拉倒下來，淫邪地笑著說：

「我怎不要？現在我就要！」

她憤懣地掙扎著，擺開他的手，生氣地叫道：

「我不要這樣！」

「好！」他放開她，問：「妳要怎麼樣？」

小揚州重又端坐起來。她認真地望著趙隊長說：

「我問你，你究竟打不打算討我？」

「妳問這是甚麼意思？」他反問。

「你別管——我只要聽你說一句：討？還是不討？」

騾子的嘴角露出一絲冷酷的笑意。

「假如我說不打算討呢？」他試探地問。

「……」小揚州激動地顫著嘴唇。「你說的是真話？」

他點了點頭。

小揚州連半分鐘也不能再忍耐了。她料不到會鬧成這種反而使自己下不了台的局面。她剛纔揑造了這些事實去騙他，只是希望刺激刺激他，使這個無情無義的男人對自己好一點，說出兩句中聽一點的話而已；其實，她恨張雄的程度，也許比他更甚。不過，現在是輪到她攤牌的時候，騾子的脾氣，她摸得很清楚，所以她也再不打算去求他，索性硬到底。打穩了這個主意，於是她決然地說：

「也好！那麼我就去找張雄去！」

說著，她急急的要想下床。但，趙隊長已經捉住了她的手臂。

「找他去？那麼容易？」趙隊長野蠻地用勁一拉，她又倒了下來。「——格娘賣×的！明天你看我收拾他！」

他這種突如其來的舉動，使她昏惑了一陣纔清醒過來。她伏在他的胸膛上，一絲欣幸而滿足的笑意從她的嘴角伸展開來，好像說：

「他還是愛我的！」

現在，趙隊長已經醒來好些時候了。他身畔的小揚州，仍然沉迷在甜美的睡眠中。在他伸手到床外去，從搭在椅背上的上衣口袋裡取香煙時，他幾乎將她碰醒了；但她蠕動了一下，又睡了過去。

他將煙點燃，下意識的凝望著她。說實在話，她不能算是一個怎麼漂亮的女人。但，從她整個形體中，卻透發著一種強烈的，青春的，性的魅力。從她那雙細長的眼睛望進去，就可以發現這是一個可怕的魔窟。她那曾經自己用火鉗燙過的頭髮散在枕上，臉微圓，雖然那顯得世故的薄嘴唇以一種殘忍的意味微微的閉合著，但仍流露出一些未泯的純真。她對於趙隊長的感情，實在是無法解釋的。雖然她自己也承認，「騾子不是一個好人」；可是她仍然是那麼痴心的愛他。趙隊長比張雄有錢有勢，當然這也是原因之一；其實，除了這一份無知和虛榮，最重要的，就是她所看見和所接觸的壞人太多的緣故。她的命運和環境教育她，改變她，她已經漸漸辨別不出真偽和善惡了。至於那個以前曾經跟她「有過一段」的蛇頭張雄，除了他是那麼死心塌地的愛她之外，她再也找不出任何一個更接近的，憎恨他的理由。因此，昨天晚上當趙隊長將自己的心意告訴她時，她幾乎是慫恿著他馬上將「整天歪纏著她」的張雄解決掉。當時她的語氣，就像是慫恿別人殺掉一隻不下蛋的母雞一樣平淡，心裡沒有絲毫的憐憫。因為她也從未接受過別人的憐憫。

「幹掉他！」趙隊長現在靠坐在床上，看看她，然後重複著她的那句話。

在他看來，這實在是一件輕而易舉，又勢在必行的事。而這個決定，小揚州的因素還在其次，主要還是他「想分黃魚身上的油水」。這就是他不能再「寬大」下去的理由。他想：多簡單！只要在晚上「接貨」的時候派兩個兵到河邊去，不問青紅皂白，見人便開槍打。

「就是不死，也得讓他脫層皮！」他惡毒地笑起來。

可是，他又想到：張雄死了不要緊，刀疤老六卻得提防。因為這條老狐狸非常多疑，萬一事情讓他窺破，豈不是逼他造反，平白添上許多麻煩？這倒並不是說，他對劉老闆有所畏懼，而是他了解這家客棧對於這樁「買賣」的意義——假如猢猻死了，還有把戲看嗎？

即使如此，這也不是長久之計，只不過刀疤老六還沒到這一天罷了。所以，為了這一次的手腳不露痕跡，將這「不幸失風」的責任委諸意外，趙隊長又瞇起眼睛思索起來。最後，他突然想到了一個主意：趁現在神不知鬼不覺的時候，先去將計劃佈置妥當，到時再替自己在蹶子的賭場裡，或者甚麼地方，找一個讓劉老闆不得不相信的人證，事情便算是解決了。

於是，他連忙撳熄煙蒂，輕輕的跨過小揚州的身體，下了床；然後輕輕的穿好衣服，輕輕的走下樓……

七

在樓梯底下那間黑沉沉的，僅能放下一張床的籠子裡。刀疤老六直直的躺在床上，眼睛張得大大的，瞪著帳頂，腦子裡在胡思亂想。這是他每天醒後的習慣，如同他喜歡整天頹坐在小帳櫃前的靠椅上一樣。只不過那些時候，他只偷偷偵伺著那些落進這個陷阱裡的客人，而現在卻在深思熟慮的籌劃：怎樣借刀殺人？使騾子死在他的手裡。以後，就如他昨晚向張雄所說的，黃魚身上的油水就飛不掉。

驀地，他聽見頭頂的樓梯上發出輕微的吱吱聲，於是他像一頭機警的獵犬發現了獵物似的，驟然緊張起來。他屏息著，謹慎地用手將身體從床上撐起。

從那塊骯髒的藍布門簾的旁邊望出去，他看見趙隊長鬼鬼祟祟的下了樓。向他這個方向望了望，然後躡手躡足的出了客棧，再輕輕的將板門虛掩起來。

眼看著趙隊長出去之後，惶惑的時間並不長久，刀疤老六幾乎馬上明白過來。

「好小子！」他低喊道：「可給他先下手啦！」

他連袍子的鈕扣都沒扣好，便急急忙忙的走上摟，衝進小揚州的房裡去。

他一把將她從被窩裡拉起來。

「我問妳，他到哪兒去了？」他氣勢洶洶的問。

小揚州茫然地睜著惺忪的睡眼。

「誰？」她不解地嗄聲說：「誰呀？」

「別裝糊塗啦！」刀疤老六不快活地逼問：「說呀！老清八早的，他到哪兒去了？」小揚州昏亂地環顧左右，這纔開始有點清醒過來。

「我，我怎麼知道呢？」

「不知道！鬼鬼祟祟的，八成不是好事！」

「……」她微張著嘴，畏怯地望著劉老闆。

突然，劉老闆的臉色一沉，粗暴地伸手去抓住她的衣襟，狠狠的搖了兩下，威嚇地問：

「他娘的！你們究竟在搞些甚麼花樣？——快說！」

「沒，沒……真的沒甚麼呀！」

「沒甚麼沒甚麼！妳這臭婊子就不想想，我刀疤老六哪一點虧待過妳？吃好的，穿好的，連接客都隨你喜歡的挑！想不到妳知恩不報，居然打起我的主意來了！」

說著，刀疤老六忿忿地一把將她推倒在床上。

「哎喲！」小揚州現在算是完全清醒了。她揉著腰，急急地分辯：「打你的主意？這是誰，誰說的——誰告訴你的？」

聽她這種口氣，刀疤老六覺得奇怪。但他仍然陰鬱地注視著她。

她掙扎著坐起來，低頭去扣起胸襟上鬆開的衣鈕，嘴裡像是受了莫大委曲似的唸道：

「別說我小揚州不是這種人，就算再沒有心肝，吃屎長大的，也不至於會打你的主意呀！」

他還是不完全相信，他說：

「那麼，是甚麼事？妳說！」

「……」她抬起眼睛望了望他。

「不過，」刀疤老六乖戾地撫著刀疤，「妳可別在我面前撒謊呀！如果給我知道了，哼——妳看我怎麼收拾妳！」

頓了頓，小揚州知道要瞞也瞞不過他，於是坦然地說：

「——他要把張雄幹掉！」

「啊……」劉老闆鬆弛下來，接著問：「甚麼時候？」

「如果今兒晚上有黃魚，就在接貨的時候。」

「接貨的時候？」

「嗯，」她淡漠地說：「他說到時候他不去，派兩個兵去，只要見人就開槍。」

一種奇怪的笑意從刀疤老六的嘴角流了出來。

「好啦，」他半討好半抱歉地向小揚州說：「這下子，妳的眼中釘總算是給妳拔掉啦！」

「這又不是我的主意！」

「妳說這都是他的主意？」

「可不是，」小揚州為了報復剛纔劉老闆對她的舉動，她故作其狀地補充道：「我看呀——跟昨兒晚上拆帳很有點關係！」

劉老闆驟然又緊張起來，他連忙問：

「妳又怎麼知道？」

「我聽見他在唸，」她學著騾子的腔調：「他說——他們要分黃魚身上的油水，我就請他們向閻王爺要去。」

「他說『他們』？」劉老闆震顫了一下，問。

小揚州點點頭。

劉老闆疑慮地將眼睛眯起來。他略一思索，隨即胸有成竹地叮囑道：

「好！不過妳可千萬別在他的面前走了風呀，要不然——」他陰狠地頓了頓，下面的話似乎不必說了。「妳明白嗎？」

「是。」小揚州馴服地應著。

於是，他走出小揚州的房間，順手替她拉上房門。

他開始後悔昨晚借錢給張雄。當他那和心情一樣沉重的腳步剛剛走到樓梯的轉角，他忽然聽到一陣叩門的聲音。於是他馬上停下來，傾聽著。彷彿有一個不幸的預感在他的心中掠過，使他驀然不安起來。

他緊緊的注視著板門。

又是一陣輕輕的叩門聲……

他想：這幾年來，為了便利那些每晚檢查三四次的巡查隊，客棧的門幾乎是終夜不關的。而且，剛纔趙隊長出去的時候，還留有一條並不太狹的門縫。只要用手一推就是了，那還用得著敲門呢？

他越想越困惑，越想越肯定的認為這事情必定有蹊蹺。

「難道……」他不敢再想下去。連忙機警地伸手到棉袍裡面貼腰的衣袋裡去，抓住那支自己密藏防身的小手槍。

而這個時候，板門發出一種乾澀的響聲，被緩緩的推開了。從光線黯淡的屋子裏望出去，刀疤老六看見一個老人和一個年紀在二十上下的少女站在門外。他們的身影投在店堂的地上。

「啊……」他吁了口氣，急忙下樓迎上去。老遠老遠的便招呼起來。

「早，二位早！」他一邊引領周明夷兩父女進入店堂，一邊問：「又是路軌壞了吧？昨兒晚上連一個客人都沒有，我就料定火車脫班了——坐，您請坐！」

老人在板桌旁坐下來，女兒站在他的身後，靜靜的向店堂的四周打量著。

「聽說，」劉老闆作態地低聲繼續說：「最近石龍茶山附近，游擊隊鬧得挺兇的！」

老人瞟了女兒一眼，漫應著。

「您二位從廣州來？」劉老闆又問。

「……」老人依然默不作聲的點點頭。

「我看你們一定是累了——啊，真糊塗，還沒替你們登記呢！」說著，他連忙到帳櫃前去拿來登記簿和筆墨，然後翻至當中的一頁。

「喏，老先生，就請你寫在這兒。一條一條的，是越詳細越好！」他邊磨著墨，邊喃喃地說：「沒法呀！共產黨就喜歡在這些地方挑毛病，找麻煩——唉，甚麼都不能跟以前比嘍！」

老人和少女同時驚異地抬起頭。

「哦——」劉老闆假作驚慌地改口：「呃，你們寫你們寫，我到後邊去給你們弄點熱水抹抹臉。」

等到這位裝摸作樣的店老闆進了廚房，周明夷激動地轉過身來，捉住父親的手臂，興奮地低聲說：

「爸，我看……」

老人用眼色止住她說下去。她連忙回轉頭，看見小揚州衣著不整地一步一步走下樓。

於是，周明夷又站回原來的位置上。小揚州從板桌前繞到店堂去。她一邊卸下窗板，一邊瞅著周明夷，臉上毫無表情。

直至小揚州開好店門，進了廚房之後，劉老闆纔走出來。

「登記好了吧？」他問。

「已經填好了。」老人回答。

「好，那麼現在我帶你們到房間去歇歇。」劉老闆走在前面，慇懃地說：「水快熱了，馬上就給你們送上來！」

帶他們上了樓，進了走道盡頭左邊的一號房。劉老闆拿起小桌上的粗磁茶壺，放在那隻發烏的銅臉盤裡，然後將它們一起端起來。

他出了房門，又回轉身，補充道：

「如果要點甚麼，就吩咐一聲好了，用不著客氣的。」

等到他再下樓來，趙隊長已經站在樓梯的旁邊，悠閒地倚著帳櫃。

於是他假裝糊塗地問：

「你甚麼時候下樓來的？纔起床？」

趙隊長支吾過去。伸手指指樓上，說：

「剛纔上去的那個小妞兒，不壞嘛！」

「你看見了？」

「只看見背影。」

「嘿，美極了，」劉老闆添枝帶葉地說。「瓜子臉，柳葉眉，那雙眼睛黑溜溜的，尤其是那兩條小辮子……」

「給你這一說，我倒要上去瞧瞧！」說著，他隨手拿起櫃台上的登記簿，三步兩腳的跨著上樓。

劉老闆手上還端著臉盆，他望著騾子上了樓。回過頭，纔發現小揚州叉著手，滿臉不快活的站在廚房門口。

不知是為了甚麼，刀疤老六經過過她的身旁時，忽然忍不住怪聲怪調地笑起來。

八

當劉老闆出了房間，周明夷趕忙將房門掩起來。他再回到坐在床邊的老人的身邊，忍不住地說：

「爸，你看這位店老闆怎麼樣？像是挺熱心似的。」

老人微笑著，用他那冰冷而微微顫抖的手替女兒抹去額上的雨水。虔誠地說：

「但願我們這一次能夠碰到一個好人。」

女兒捉住他的手，肯定地說：

「一定會的。」

「是的，一定會的。」老人喃喃著，深情的凝望著自己的女兒。「老天也應該可憐可憐我們了！」

就在這個時候，趙隊長推開房門，先向裡面巡視一周，然後大模大樣的走進來。

「查房間！」他說。於是翻開登記簿看，最後他抬起頭來，不懷好意的望著站起來的少女。

他狡黠的笑了笑。

「妳就是周明夷？」

少女畏怯地垂下眼睛。老人站到前面去，衛護著她。

「是，是的。」老人搶著回答。

「我問的是她呀！」趙隊長鼓著那雙死魚眼睛，瞪了老人一眼，然後再看登記簿。

「哦，大學，」他問：「怎麼書不唸完就兩頭跑呢？」

周明夷望望老人，遲疑地回答：

「我要照顧我的父親。」

「真孝順！」趙隊長冷冷地笑，又問：「你們到深圳來幹甚麼的？」沒等她開口，他又接下去：「跑單幫？探親？」

老人正要答話，女兒已經說了，聲音安詳而鎮定：

「不是，我們要去香港。」

「啊——」趙隊長驚異地低喊起來。像是突然發現自己忽略了點甚麼似的，他重又低下頭去研究他們在登記簿上填寫的表格。他看著，微微的點著頭，咬著下唇。最後，他再抬起頭。

「原來是僑眷？」他故意使自己笑得更自然一點，向他們伸出手。「請你們把路條和證件拿出來看看。」

老人將手上準備好的證件謹慎地交給他，然後定定的窺察著他的神色，心裡在準備應對他將要提出的問題。

為了使自己更鎮定一點，周明夷微微的靠近自己的父親，緊握住老人的臂。

半晌，趙隊長反覆的檢查，覺得這些證件沒有甚麼可疑之處，未免有點失望。於是，他有意為難地問，希望能夠從他們的話裡找出點甚麼漏洞來。

「為了這事，」他翻起眼皮，抖抖手上的證件。「一定要親自出去嗎？」

「是，是的。」老人小心地回答，這些話他在心裡早就唷熟了。「香港的法律，是一定要本人簽字才能生效的。」

「他是你的……」他指了指證件上的照片，又問。

「是她的大伯伯，」老人望著女兒。「她從小就過繼給他。」

「他是甚麼時候死的？」

「將近半年了。」

「我問的是甚麼時候，那一月？那一天？」

「呃，這——這上面已……已經註明了！」

趙隊長不滿意了。他將臉一扳，嚷道：

「你這位老先生真怪了！如果要看，我還問你幹甚麼呀！」

「對不起，」周明夷連忙解釋：「我爸爸的記性一直都不大好——我大伯伯是今年七月三十，就是『八一建軍節』的前一天死的！」

「妳的記性倒好呀！」騾子望著她笑。

「我記得牢，」她說：「那是因為那天我剛去參加遊行回來，就接到電報。」

趙隊長眉頭一皺。

「電報？這上面不是說他只有一個人在香港嗎？」他低聲問：「這電報是誰發的？」

「醫，醫院打來的，」她機警地接下去：「大概是他去世之前關照過的。」

「他想得可真周到！」

「……」

「不過，他既然想得這麼周到，為甚麼這筆遺產，家裡人不給？而會輪到你們頭上來呢？」

「那，那是因為他沒結婚……」

「妳說他是個光桿兒？」

「嗯……」少女不好意思的點點頭。

「這麼有錢，這麼一大把年紀，而願意做光桿兒，」趙隊長注視著他們，話裡帶刺的說：「這個人，可真是個怪人呀！」

「嗯……」

「那麼等到在香港辦好手續之後……」趙隊長移過眼睛來望著老人，等候他回答。

「我們當，當然是要回來的，」老人說：「我還有一家大小在上海。」

「既然有一家大小，而還要你老人家辛辛苦苦的帶著小女兒家出門？他們真是太那個了！」看見趙隊長的笑裡有點味道，他們正在準備回答上海那個「家」還有甚麼人，這些人為甚麼不能來等等可能盤問的問題，而對方卻出乎他們意外的，已經將那些證件還給他們了。

「既然是一定要出去的，」他說：「那麼你們趕快拿這個到公安局去登記，然後好挨著號碼出境——不過我看呀，最快，你們還得在這兒住上些時候，纔會輪到你們！」

「這……」老人和少女同時驚慌地望著他。

「這還不簡單！」騾子平淡地比著手勢，喋喋地說：「從前我們害怕那些『國特』混進來，那些『地主』、『惡霸』逃出去，所以有限度的限制出入境。而你們就不滿意了！路條遲兩天發，就在背後說『政府』不民主！不給你們自由！好啦，現在只要你們講出個理由，連問都不問，馬上就給你們簽發路條。可是呢，英國人每天只准幾十個人入境。現在甚麼手續都辦好，在深圳等著過去的人，就有好幾百！」

「啊……」

「這總不能再怪『政府』了吧！」

「那，那當然。」老人應著。

眼看自己這一番話在他們的心上起了作用，騾子得意地笑起來。他很明白，他的話雖然誇張了一點，但都是實情。只是他的話另有用意；因為他知道，這種等待對於那些急於要過去的人，是痛苦而且不能忍受的。總之，他們覺得拖延總不是一件好事。所以那些等得不耐煩，生怕等下去會發生變故的人，不得不想別的辦法逃出去。結果不是用錢去賄賂那些「幹部」，和向英界那邊疏通，就是找個蛇頭帶他們過去，深圳多的是這種冒生命危險換飯吃的「帶路人」。這些人之中，有好些是為生活所逼纔鋌而走險的，也有些和那些職權之內的「幹部」們勾結；但，他們的目的無非是為了錢。那種做法卻沒有他——趙隊長這一檔這麼狠毒。不僅是要錢，還要那些人的命。因此現在他望著臉色變得陰暗絕望的周明夷，心裡在唸：

「只要我好好的佈置一下，還怕她會跳出我的手掌心？」

這樣一想，他馬上發現自己得重新佈置一些事情。於是，他假作關切地再叮囑老人快點去公安局登記然後走出房門。

在樓下的梯口，他掛好登記簿，坐在帳櫃裡的刀疤老六認真地問：

「怎麼樣，沒騙你吧？」

「的確不錯！」他笑著回答。正想走開，看見小揚州站在廚門邊。

小揚州一直在等他下來。現在，她忍不住向前挪一步，酸溜溜地說：

「真開心呀！」

「哦——妳不開心？」騾子調侃地問。

「我怎麼不開心！我開心透了！」

「那不就得了！」說著，他白了她一眼，回身走掉了。

趙隊長出了客棧，小揚州還站在那兒發楞。最後她忿然扭轉身急急的走進廚房。她聽見劉老闆在她的背後唸：

「——報應！」

九

雨已經止了。天空中低低的壓著灰黑的雲塊，有點冷。

從公安局裡走出來，周明夷兩父女幾乎是完全絕望了。因為他們已證實趙隊長所說的，並不是恫嚇他們的話。

現在，他們神情沉鬱地走著，不說一句話，害怕自己的話會讓對方痛苦。他們想：這半個月來所遭遇的每一次挫折和困難，非但沒有失望，反而使他們的勇氣和決心加強；尤其是當他們在廣州買到這張偽造的，由香港律師樓發出的「接受遺產通知書」——這是那些專為逃亡的人設計和偽造證件的黑組織裡賣出來的——這幾張證件使他們順利的取到路條，而且安全的通過無數個關卡。當這天早上竟然矇騙過趙隊長的盤查，他們像是看見，自由就已經在他們的面前了。可是半分鐘之後，趙隊長那番話卻使他們驚惶起來了。但，他們仍在安慰著自己，希望他說的話是假的，是有意恐嚇他們的。

他們永遠忘不了剛纔在登記處所聽到的那些話。這些話彷彿是一把把鋒利的刀，在慘酷的宰割著他們；以致他們現在像是負滿了創傷，甚至連舉步的力氣都失去了。

他們默默的走著，越過麕集在空場上的那些骯髒而低矮的木板小店舖，然後再彎過鐵橋前。在那個地方，那些出境者在排著隊，接受嚴厲的檢查。他們的臉上顯出焦慮和激動，除了孩童的哭喊，他們沉默著，沒有交談。從這行列望過去，他們可以望見站在鐵橋兩邊的守軍；手上提著俄式手提機槍，站在沙袋的前面，不安的交換地跺著腳。

只望了這些人一眼，他們便低下頭，繼續向右旁通往平安客棧的泥濘路走過去。

「爸！」周明夷忽然停下腳步。

老人回頭去愁切地望著女兒，半晌說不出話。

「我們該怎麼辦呢？」她忍不住憂慮地問。

「這……」老人向左右望望，嗄聲說：「先回客棧去再說吧！」

「我看，我們還是到橋頭那些人那邊去轉一轉。」

「為甚麼？」

「不是聽見說，那些『蛇頭』都在那一帶活動嗎！」

「妳打這個主意？」

「那還有甚麼辦法？」她說：「這樣等下去，就算那些東西不出事兒，也住不下去呀——我們還剩多少錢？」

老人點點頭，隨即又猶豫起來。

「不過……」

「我總覺得等下去不妥，」她截住父親的話，又開始走起來。「夜長夢多，誰曉得他們會不會突然變甚麼把戲！不要到了那個時候錢又吃用光了，過又過不去，那纔真是要死不得呢！」

等到迎面過來的人走遠後，老人纔接著說：

「對是對，不過，敢在光天化日之下活動的蛇頭，總是有點靠不住！我看還是回到客棧，看看情形再決定吧！」

周明夷同意父親的看法，於是不再說話。

回到客棧之後，老人便精疲力盡的倒在床上了。女兒用手探探他的頭額，感到有點熱度。她知道這病完全是為了心裡著急而起的。於是她強迫地餵他喝下一些湯汁，自己也無心飯食，便坐在床邊陪伴著他。有好幾次，當她眼裡的淚水抑制不住的要滑落下來時，她連忙假裝替他做點事，不使他發覺。

過了一些時候，老人微微睜開那雙黯淡的眼睛，側過頭去注視著女兒。突然，他從棉被下面伸出他那乾枯而顫抖的手，將女兒的手捉住。

周明夷吃驚的望著父親。

「明夷。」老人低弱地喊道。

「您要點甚麼？」

「即使我不說，妳也應該知道，」老人將目光移到帳頂，說：「這次逃得掉？逃不掉？對於我都是一樣的。我知道我是老了，反正沒幾年好活……」

「爸！」

「妳聽我說，」老人繼續說：「現在這種情形，過又過不去，住又住不下，進退兩難，所以，我怕會因為我這副老骨頭而害了妳！」

「……」女兒扭開頭。

「妳想，現在周家除了妳，還剩下甚麼人？」老人哽咽起來。「我這次來的目的，就是要送妳過去；只要妳過得去，我就安心了！所以——」

周明夷也不想掩飾自己的眼淚了，她連忙回過頭。

「爸，」她截住老人的話：「我不要聽您這些話！」

「可是我說的是真話啊！」

「我不管！」

「那麼妳忍心看著我們在這兒餓死？或者給那些畜牲抓回去？」

「如果上天一定要我們死，」她平靜而決然地回答：「我們就死在一起，誰也不離開誰！」

老人的心驟然感到一陣劇痛，他閉起眼睛，將頭扭到板壁那邊去。女兒望見父親的肩頭在微微的搐動，她極力抑制著，雖然淚水止不住的向下流。

「您還是好好的歇會兒吧，」她替他拉好棉被，安慰道：「剛纔在路上我們說的那件事，還沒有開始進行呢？如果上天保佑我們……」她仰起頭，緩緩的在床邊跪下，虔誠而懇切地在心裡祈禱起來。

她祈求上天眷顧他們，使他們能碰到一個在這危急間拯救他們的，帶領他們偷渡的蛇頭。

果然，「上天」真的眷顧他們了！

小揚州為了早上趙隊長的事不遂心，躲在房裡裝頭痛，於是劉老闆也樂於接管招待客人的職責，走進他們的房裡來。

劉老闆望望桌上絲毫未動的飯菜，又望望躺在床上的老人，然後向已經從床邊站起來的少女詢問：

「是怎麼啦？」

「我爸爸有點不舒服。」周明夷回答。

表示關懷，劉老闆走近床前，好心好意地向老人說：

「我看，您老人家大概是著了寒了——這種鬼天時呀！不過，不要緊的，我馬上去替您泡一包『午時茶』，回頭再熬點稀飯給你們吃！」他回頭望著少女。「——不吃飯怎麼行呀！」

老人靠坐起來，摯切地向他道謝。

「唉……」刀疤老六裝出一副悲天憫人的神情，嘆了口氣，喃喃道：「你們一老一小的出遠門，又沒人照應！」

「……」周明夷望了父親一眼。

「哦——你們登記的事，辦好了吧？」劉老闆像是突然想起似的問。

「登記好了，」老人瘖啞地回答：「不過甚麼時候纔過得去？還不知道呢！聽裡邊的人說，至少也要排半個月！」

「是呀！這事情我比您清楚，半個月過得去，那還算是吉星高照呢！」劉老闆頓了頓，裝模作樣地說：「而且，你們又不是本地人，說不來廣東話！」

他們困惑地用眼睛向說話的人詢問。於是劉老闆替他們作了一個解釋。

「這都不懂？可想而知，你們對這兒的情形連一點邊兒都沒摸到！」他說：「比方說吧，就算現在他們已經放你們過去了，可是，英國人可不見得就肯讓你們進去啊！」

「啊……」

「第一，你們不是廣東人，外省人英國人總覺得靠不大住，生怕你們是甚麼『份子！』，第二，香港人口過多，除非你有錢，要不然他們不會歡迎。可是反過來說，如果你有錢，這邊又絕對不放你走——是不是？」

父女兩人憂蹙而絕望地互相一瞥。

劉老闆完全看進眼裡。為了使以後的交易進行得順利，他低下嗓門，喋喋地說：

「說穿了，這還不是『他們』出的鬼！先故意放點空氣過去：說是最近要派多少多少人到香港，秘密的做甚麼甚麼工作。好了，英國人就緊張了，於是馬上就來個限制入境。而這邊呢，既然給了你路條，你也過不去，『他們』當然樂得表示大方一下。你死你活，『他們』纔不管呢！所以這幾個月，在深圳逼得無路可走，服毒的，吊頸的——哪天沒有！」

老人頹然垂下頭，少女忍不住轉過身抽泣起來。

「你們現在也用不著難過，」刀疤老六說：「我既然向你們說這番話，當然早就知道你們有困難——這樣等下去，總不是辦法呀！」

「您老闆替我們想想看，」老人抬起頭，絕望地求援道：「那麼我們該怎麼辦呢？」

「辦法是有，就是看你們下不下得了這個決心！」

他們吃驚地望著劉老闆。半晌，老人纔拉住女兒的手臂，囁嚅地問：

「您是不是說，叫，叫……」

刀疤老六知道時機已經成熟，他收斂了臉上那層神秘的笑意，單刀直入地說：

「你們儘可放一百二十個心！說句老實話，我開這家客棧，來來往往的客人，我見得太多了！你們是弄到了路條走，而沒有路條的，還不是一樣的走——誰還願意待在這種鬼地方呀？」

父女兩人的身體更靠近一點。

「所以說，你們進了這家店，就算找到了門兒啦！」刀疤老六瞇著眼睛說：「在深圳，那些帶人過去的蛇頭——我全認識！」

「啊！」他們劇烈的震顫了一下，隨即低喊起來。那蒼白的臉和那灰黯的眼睛裡，彷彿突然有一種甚麼奇異的力量，從一個甚麼奇異的地方注了進去，使它們驟然充滿了生機，顯得光亮而煥發起來。

「這完全是看在你們倆老小沒照應，」刀疤老六表明心跡地說：「如果換上別人呀，我纔不肯去背這個風險呢！」

老人掙扎著要下床，被劉老闆按住了。

「真，真是上天保……保佑，」老人激動地吶吶喊道：「這事，要不是您，您老闆幫忙，咳——真是不……不堪設想了！」

「這又算甚麼！」

「但，但是，」老人謹慎地問：「不知道要——要多少錢呢？」

「其實，在我來說，錢不錢有甚麼好計較的！這還不是積積陰德，修修來世。不過呀——」刀疤老六作態地嘟嘟嘴。「連下了幾天兩，路又爛。呃，依我的意思嗎，就多給蛇頭幾個。兩個人，算兩千塊人民幣好了！」

「兩千塊？」父女二人幾乎異口同聲叫起來。

劉老闆有點不快活地將頭一歪，說：

「呃，我說，這些錢，可不得不花啊！而且，這只不過是幫忙性質，看在你們可憐！別人——沒有三五千，連問都不要問！」

「老，老闆，」害怕對方突然會翻臉，失了這個好機會，於是老人慌忙地陪著笑，為難地解釋：「這，這不是說我們不會做人，實在是……」

周明夷這時纔開始說話，她替父親將那一時說不出嘴的話接下去。

「我們真的沒有這麼多錢，」她懇切地說：「請您幫忙幫到底，減低一點。」

刀疤老六想了想，於是說：

「這樣吧，你們說你們最多能夠出多少錢？假如還差不多的話，我就替他作個主，接下來！不然……」

「呃——七，七八百塊，怎麼樣？」老人困難地比著手勢說。

「您這位老先生真是的，」他冷笑道：「這又不是買青菜蘿蔔，討這麼大的虛頭！」

「您別怪我們這樣討價還價，」老人解釋：「我們實在是困難呀！不瞞您說，從上海逃到這兒，能當的能賣的，全都花光了！」

「好，這樣說的話，就算一千八好了！」劉老闆說：「這是老價錢，再少，我可作不了主——你們還是找別人吧！」

「一千八，」老人著急地喃喃道：「那麼，我們過去之後，就得討飯了！」

眼看這事情已經決定，刀疤老六明事達理地勸慰道：

「討飯？討飯也比這邊強呀！唉，錢！錢又算得甚麼啊！還是保住命要緊！這年頭，甚麼都得看開一點，說句俗話：留得青山在，還怕沒柴燒嗎？」

在這種無可奈何的情況下，事情終於按照「老價錢」決定了。劉老闆接過他們的錢，吩咐他們先作個準備，好好的休息休息，就在這天午夜一點鐘動身。

等到他們聽見劉老闆的腳步聲下了樓，父女二人忽然抱頭痛哭起來。連他們自己一時都分辨不出，心裡是悲哀還是快樂。

十

時間緩緩的以那種單調的腳步，向那個不幸的時刻走近……

天黑之後，雨又開始下起來了。

照例，刀疤老六的一頓夜飯，總要吃上幾個鐘頭的；有時候還要吃到「送貨」和「接貨」的人回來。再重整杯盞接下去。

而這天晚上，他的心情實在太好了，所以吃到半夜還收不住杯。現在，他一邊喝著酒，一邊瞟瞟呆坐在一邊想心事的小揚州。他很想借這個機會開導她兩句。不過，話到了嘴邊，他又和著酒吞到肚子裡去了。

他知道這臭婊子是死心眼兒，不知好歹。如果因為勸她而被她頂撞兩句，掃了酒興，那纔犯不著。但，對於小揚州的死釘著騾子，他仍然不能釋然於懷。因為騾子雖然沒有白嫖她，如她所說：是「不欠他半個子兒」！不過，他認為這不是個公道價錢——就如同拆黃魚的帳不公道一樣。他想，小揚州雖然不能算是甚麼上品貨色，但至少每夜總可以替他賺個十塊八塊；而趙隊長每次總是在帳上扣個零頭來抵數，羊毛出在羊身上，就等於沒出錢。所以，現在他看見小揚州這副苦惱相，心裡有說不出的快樂。

時鐘響過十二點，張雄從蹶子那邊來了。進了門，看見板桌上還有些剩菜，便老實不客氣的在一邊坐了下來，自己動手去盛飯。然後，他鼓著那雙因睡眠不足的，爆滿了血絲的眼睛，先詛咒賭運，而後詛咒天氣。

「好了好了，先乾一杯再罵吧！」劉老闆在板櫈上支著左腿，他斟滿兩杯酒，然後舉起杯子說：「來！咱們哥兒倆乾一杯！」

張雄端起另外一杯，這纔發覺右邊小揚州的神情有點不對。於是，他像是好意，又像是調侃地問：

「唷！我們的小揚州今兒個是怎麼了？是不是昨兒晚上……」

看見張雄滿臉淫邪的笑，小揚州索性扭轉身，背著他們。

「嘿，居然連話都不肯說——我還在等妳罵呢！」仍然沒有反應，他回頭用眼睛問劉老闆。

「還不是為了樓上的那條小黃魚！」刀疤老六淡淡地說。

「小黃魚？」

「今兒早上到的一個小妞兒——光看見背影，可就給咱們的隊長瞧上啦！」

「哦……」張雄幸災樂禍地笑起來。他怪腔怪調地說：「這就難怪了！」

回頭白了他們一眼，小揚州不服地嚷著，話裡含有另一種刀疤老六馬上覺察出來的意味。

「哼！你們真的以為我會吃這種乾醋呀？笑——話！只要她過得了今晚！」

「噓——」刀疤老六沉下聲音制止：「他娘的，妳是不是存心讓樓上聽見！」

「怎麼？今晚……」張雄急急地問。

「一老一小，兩條。」

「媽的！這種鬼天氣，老子真想好好的休息幾天！」蛇頭噘著嘴，咕嚕著。

「呃，我說老張，這你可鬧不得啊！」窺透了對方的心意，劉老闆叫道：「你不能因為他要扣你的賭債，你就斷咱的財路啊！」

「……」沉吟了一下，張雄問：「——多少錢。」

「還不是老價錢嗎。今兒晚上你跑一趟，三一三十一，你又可以還他四百了！」說到這兒，劉老闆發覺自己說錯了話。因為今兒晚上他得扣回昨晚借給張雄的四百塊，不然，他就永遠永遠的沒希望還了。

不過，他只是再一算，馬上又心平氣和下來。他想：只是一轉手，他在樓上這兩條黃魚身上就賺了兩百塊。萬一張雄的錢收不回來，自己也可以說是沒多大損失。而且，今兒晚上拆帳，就不是三一三十一，可就得二一添作五了！想到這，他愉快地又替這位「準過不了今晚」的同伴再將酒杯斟滿。

「來！」他舉起杯說。

張雄喝了酒，問：

「錢已經收了？」

「在我這兒。」劉老闆拍拍口袋。

「說好了幾點？」

「一點。」

「騾子知道？」

「不知道的話，咱們的小揚州就不會氣成這樣嘍！」

現在，張雄忽然憐惜起小揚州來了。他挨近她，好心好意地勸慰道：

「好啦！不用氣啦！氣壞了身體，還是自己的！」

小揚州彆了一整天，正沒處發洩。她眼一翻，惡聲惡氣地叫道：

「我的事，用不著你管！」

「好——不管就不管，」蛇頭嬉皮笑臉地搭訕：「陪妳乾一杯，解解悶，總可以吧？」

小揚州一手推開張雄遞過來的杯子，濺了他一身。

「你不配！」她冷冷地說。

「甚麼，我不配？」蛇頭楞了楞，忽然忿忿地摔掉手上的杯子，吼起來：「媽的！現在只有騾子纔配，是不是！」

「一點也不錯！」小揚州輕蔑地瞟他一眼，笑笑，隨即站起來，回身向樓上走。

「臭婊子！」張雄忍不住地在背後啐了她一口，咒罵著。

看見張雄這樣認真，刀疤老六笑起來。

「你呀，就是這點想不開，非要端住這個破碗當古董！她不那個你，你就怕找不著女人啦？」

「……」張雄不響。

「來來來，咱們還是喝咱們的酒！」劉老闆舉起杯。「改天我託人到廣州給你再帶一個回來，肥瘦高矮——隨你挑！」

喝下兩杯酒，張雄的氣也漸漸平下來了。由小揚州，他想起昨晚劉老闆說的話實在有幾分道理：不幹掉趙隊長，真的他休想再碰她一下。而且，這幾個月裡，他的心終日惶惶不安。不安的原因，完全是因為現在他所幹的這種「買賣」。他以前也是和其他的蛇頭（真正的蛇頭）一樣，拿了人家的錢，就得保住人家的命，再危險也將人送過去。自從劉老闆勾結上趙隊長，又給他想出這種「鬼主意」之後，整個都變了。說起來，雖然現在這樣要比較省事，只要送到河邊，用不著過河；可是，他也明白，趙隊長這口飯吃不長，即使不惹他的眼，這件事總有一天會洩漏出去。如果真的洩漏出去，那麼他就算完了，毫無疑問，其他的蛇頭們一定會宰了他。因為這個風聲一傳開去，那麼所有的偷渡者都裹足不前了。這一來，就等於將他們——這一門行業的飯碗全砸掉。

現在，由於酒精在血管裡燃燒使他的膽量壯起來，他極力在克服內心的懦怯。

「只有這樣，」他向自己說：「纔能把所有的事情解決掉！你還等甚麼呢？」

對！不等！於是他一口將杯裡的酒喝乾，然後將頭湊近劉老闆，認真地問：

「咱們說的事怎麼樣？」

張雄絕對料不到，從早上刀疤老六離開小揚州的房間起，「行情」已經變了。最初，顯然劉老闆還想挽回這個局面；但，他很了解，張雄是一個虛張聲勢而又膽小畏縮的人，如果將這筆賭注壓在他上面，他不見得有甚麼能耐對付這個奸狡狠毒的趙隊長；事到臨頭萬一出了岔，豈不是惹火燒身？而且，從今晚這個陰謀上看，趙隊長還不至於對他有甚麼不利。去掉張雄，他反而可以借此機會，另外找一個比較「成器」的蛇頭，充當自己的助手，以便進行他這個「分黃魚身上油水」的計劃。因此，現在張雄提醒他時，他假作沒聽懂他的話。

「甚麼事怎麼樣？」他反問。

「怎麼，你真的忘啦？」

「哦——」刀疤老六笑起來，連忙將話岔開：「我怎麼會忘呢？我馬上就託人去，你放心好了——一定跟你買一個跟小揚州一模一樣的。」

對於刀疤老六竟然忘掉這件事，蛇頭覺得奇怪。從口氣上聽來，他知道對方有意避開這個話題，為甚麼？他一時猜不透這隻老狐狸的心裡又安了個甚麼鬼板眼兒。因此，他一邊叮囑自己格外提神，一邊順著他的話扯下去。

「對！」他大聲說：「這纔夠朋友！」

……

當牆上時鐘的指針指向那個不幸的時刻。刀疤老六隨即離開板桌，到樓上去將那兩條「黃魚」

帶下來。

「老張，」他向微醺的張雄說：「就是這兩位，待會兒在路上可得好好的照應照應！」

「你劉老闆的事，那還用說嗎。」張雄用衣袖抹抹嘴角，站起來。不懷好意的打量著老人身旁的周明夷。

劉老闆用肘拐碰了他一下。

「好啦，總之一切都拜託啦！」他回過頭關切地問老人：「你們都準備好了吧？」

「早就好了！」老人苦澀地笑笑，他將手合在胸前，感激地說：「這次，一切都多得二位搭救，真是恩同再造，來世就是……」

「呃——您老人家說這些話做甚麼？」劉老闆開始向板門走過去，一邊說：「大家都是出門人，本來就應該互相幫助——好了，你們還是快點走吧，查夜的我看就快要來了！」

在板門前，他拉開半扇門，風雨跟著掃入。老人忽然趦趄起來。

「雨這麼大，沒關係吧？」老人遲疑地問。

「哎——您老人家真是！」蛇頭將穿到身上的雨衣一抖，不滿意地喊道：「要投河，就別怕水冷呀！」

「您放心好啦！」劉老闆連忙替他改口：「別人還要挑下雨天，纔肯走呢！」

「劉老闆說的沒錯，放心好了。我張雄吃這行飯，就從來沒出過漏子。」

老人這時纔略為放下心。他回過身來向劉老闆再道謝一遍，然後拉緊雨衣的衣襟，跟在張雄的後面走出客棧。

「老張，」劉老闆站在門邊說：「快點兒回來呀！咱們再痛痛快快的乾幾杯！」

「好！我馬上就趕回來！」張雄回答。

隨後，刀疤老六掩上門，背轉身。直至門外的腳步聲完全隱沒之後，他忽然衝著正在下樓的小揚州乖戾地獰笑起來。他嘴裡重複地唸著：

「他說他馬上就趕回來！他說他馬上就趕回來！」

屋椽上那由於剛纔開門而被風吹動的馬燈仍在前後搖幌著，發出那種生澀的吱吱聲……

十一

這件事情，卻出乎刀疤老六的意料之外。他認為「準過不了今晚」的蛇頭張雄，在個把鐘頭之後，卻安然無事地和趙隊長一起回來了。除了他們，還多了一個由張雄攙著的周明夷。

其實，這是一件意料得到的事。當蛇頭引領著父女二人，在淒迷的雨霧中到達那個叫做「垃圾灘」的交貨地點時，守候在那兒的，並不是趙隊長派去的兵，而是他自己。

「垃圾灘」不能算是一個最理想的偷渡的地方。它正當河道的灣口，水雖然不深，但卻很湍急。尤其是下過雨之後。正因為如此，趙隊長選擇這個地方作為「交貨」的場所。當然，最重要的原因，還是因為這一帶是屬於他這個派遣隊所管轄；他的隊部——那間破廟，就在離這兒不遠的前面。

那個時候，他從黑暗中看見張雄他們已走近，於是他朝天空發一槍，陰森可怖地笑起來。

經過一陣紛亂和困擾，事情便被這悲慘的事實決定了。老人曾經作過一度的掙扎和哀求，由於這驟然而至的過度刺激，他的意識漸漸被未來的命運所顯示的景象所模糊，終於完全麻痺了。他將女兒緊抱不放，這種動作現在對於他，已經是毫無意義的了。他停止了那痛苦的呻吟和絕望的喊叫，臉上被扭曲成一個木然而呆鈍的神情。當趙隊長和張雄將他們分開時，他竟然沒有絲毫掙扎，馴服地聽從他們擺佈。而周明夷顯然是被老人這種意態駭住了，很快的——當她發覺一切都絕望之後，另一種力量使他平靜下來。她用那平靜得出奇的聲音應趙隊長的要求，也提出她的條件：她要看著她的父親過去。

「現在怎麼行呢！」趙隊長說：「妳看，他連站都站不穩呀！」

「站不穩也要現在過去！」她悲不可抑地迸出聲音。

「這樣好了，讓他今晚到我們那邊去住，順便找個醫生看看。明兒晚上我負責派人送他老人家過去，這總夠安全了吧？」

「……」

「妳呢，跟我回客棧！」

老人現在連站都站不穩，這是實情。除此之外，還有其他甚麼方法呢？雖然周明夷願意犧牲自已終生的幸福去拯救相依為命的老父，是出於內心中一種真純聖潔而可貴的孝心。但，在這個夢破碎之後，希望幻滅之後，而在這命運的轉捩點——分離的剎那間，她仍不免為了自己、父親以及整個家庭的遭遇而痛楚的哭泣起來。

「就這樣吧，周小姐，」張雄勸解道：「事情到了這個地步，還有甚麼話好說呢！這樣，趙隊長總算是看在妳這一片孝心，網開一面，放他老人家一條生路。不然，喏——關到那裡邊的，我就從來沒看見有人活著走出來過！」

一個奇怪的意念觸動了她一下，周明夷止住哭，生硬地說：

「好！就這樣！不過，我要看見我父親過去之後的親筆字據，我纔答應你！」

這個天真的要求，趙隊長差點笑出來。他用手抹抹臉上的雨水，連忙答應下來。

「一句話！」他說：「我說別的不好辦，張把字據，那還不容易！好，就這樣一言為定——走吧，這樣淋下去，我怕他老人家的身體受不了呀！」

於是，他們拖拖拉拉的在黑暗中循著一條泥路回去。在不遠的岔路邊，趙隊長將那神志昏迷的老人送進那座破廟裡。他故意提高嗓門向那幾個手忙腳亂的士兵命令著：

「快點扶他老人家到我的床上去，馬上去把王醫官請來！」離開之前，他又叮囑一句：「你們可得好好的給我照顧呀。」

然後，他向那些士兵詭譎地眨眨眼睛，便和張雄一起，擁著這位由於遽然離去而悲痛欲絕的少女，回到平安客棧裡來。

現在，看見他們三人進了店，刀疤老六驚異地站起來，愣著。

周明夷擺開張雄的手，頹然跌坐在牆邊的櫈子上，悲切地掩面痛哭起來。趙隊長躊躇志滿地走近板桌，將左腿踏在條櫈上，得意而滿足地望著在哭的人。

「劉老闆，」騾子沒有回轉頭，「馬上替我升個爐子，暖壺酒，給這位周小姐去去寒，壓壓驚。」

刀疤老六這時纔明白過來。他不響，神情沉鬱地離開板桌，他一眼就望見小揚州滿臉妒意地正在下樓。

張雄並沒有注意到這些，他仍然站在周明夷的背後。看見她這樣哭，於是他回頭望望趙隊長，表示自己無能為力。

「好啦，還哭甚麼呢！」趙隊長開始說：「妳的條件，我不是全都答應了嗎！」

「是呀，」張雄連忙接嘴：「還有甚麼好哭的，妳跟了他，還怕他會虧待了妳？我跟妳說，在深圳，咱們趙隊長，就，就等於是皇帝——呀！」

「呃，你的思想可得給我搞清楚一點呀！你——你說甚麼皇帝太監的？」

「我只不過是打個比方……」

「比方？別的就不好比方啦？」

「呃，比方說……」張雄笨拙地比著手勢，最後，他仍然比方不出，索性含糊過去：「——總而言之，妳跟了他，我保險妳有好日子過！要甚麼，就有甚麼！」他忽然頓了頓。「哦，我明白了，妳不放心妳爸爸是不是？」

「……」

「我絕對照辦！」趙隊長接著說。

「妳聽見了吧？」張雄拍拍周明夷的肩。「放心好了。咱們趙隊長說的話，一句就是一句，絕不含糊！一定要妳看見了妳爸爸的筆據纔算數。」

少女漸漸止住哭，趙隊長向張雄使了個眼色，於是黃牛便伸手去扶她的臂。說：

「好了，我送妳到樓上去休息吧。」

周明夷突然站起來，摔開張雄的手。她低著頭，帶著抑制的哭聲，用顛躓的腳步向樓梯奔跑過去。差一點碰倒剛從廚房裡端酒出來的劉老闆。

趙隊長放下左腿，眼望著周明夷上樓，目光從梯口小揚州的臉上掃過，沒有停留，便回到酒杯上。當他坐下來接住劉老闆的酒壺斟酒時，他知道小揚州已經向他走過來。

而張雄這個時候纔發覺（他一直忽略了）小揚州的臉色很壞。現在，他靜坐在旁邊，等候著這事情發展下去。從在河邊明白了趙隊長真正的意圖開始，張雄的心裡便充滿了一種罕有熱望；他知道，這事情對於他是極其有利的，他可以不費吹灰之力，便可以重拾與小揚州之間的愛情。因為「騾子」不是瞎子，小揚州到底比這小妞兒「差多了」。但目前唯一使他困惑不解的，就是刀疤老六的神情；他猜不透趙隊長帶了這條「小黃魚」回來，對他有甚麼了不起的關係？他想，充其量，只不過從此小揚州少了這一個「熟客」而已！

「難道除了那姓趙的，」他在心裡咒罵道：「我張雄就嫖不起她？」

現在，小揚州已經在趙隊長的身旁站住了，趙隊長仍然沒理會，在喝自己的酒。

「好——呀！」小揚州雙手在腰上一叉，氣咻咻地顫聲說：「倒真的把她給帶回來了！」

「哦，妳看不慣？」趙隊長平淡地問。

「就是看不慣！」

趙隊長露出那種難看的訕笑。

「看得慣也得看，看不慣也得看，妳懂嗎？」他驟然沉下臉色。「告訴妳，老子喜歡她，就給帶回來了！妳——妳管不著！」

「我，」小揚州向前走一步，「我偏要管！」

「要管？就管妳的張雄去。喏，現在用不著去找他啦，他不是就坐在這兒嗎？」

張雄又尷尬又快活地笑笑。

小揚州實在按捺不住了，他激動而昏亂地伸手去抓住趙隊長的手臂，急急地問：

「我問你！你要把我擱到甚麼地方？」

「去去去！」騍子厭惡地解開小揚州的手。

「去？」她潑辣地再伸手去抓住他。

趙隊長不動，偏頭去望著她的手，冷冷地警告道：

「放開！我說妳識相的話，最好是少在這兒歪纏！」

「我纏了，你又把我怎麼樣？」

「怎麼樣？」騍子乖戾地笑笑。「我揍不死妳！」

「你揍！你揍！」她用身體擠向他。

騾子霍然站起來，用力一甩，隨手就在小揚州的臉上狠狠的摑了一掌。

「——滾開！」他咬牙喝道。

小揚州倒退兩步，靠在屋柱上。張雄跟著站起來。

「好，好！」她撫著臉，嘴角流出來的血沾在她的掌上，眼淚開始從那雙充滿了憤怒和怨恨的眼睛中緩緩的流下來。她喃喃地自語道：「好，你打我！」

「打妳？我還要疼妳呢！」驟然，趙隊長機警地扭轉身，他的手不自覺的按在腰帶邊的槍把上。

張雄臉無表情的望了騾子一眼，然後在他的背後繞到小揚州的面前去。

他憐惜地要將她勸開。說：

「妳就走開好了，何必呢！」

「別碰我！」小揚州遷怒地擺開他的手，叫道：「我的事用不著你來管！」

趙隊長怪聲笑起來。張雄望望他，老羞成怒地罵道：

「真他媽的，誰還有閒功夫管妳來著！」

「我說小揚州，」騾子有意味地瞟瞟蛇頭，「妳看人家張雄多愛護妳呀？」

「哼！做他的夢！」

「這不是太給人家難堪了嗎？」騾子一本正經地說：「人家為了妳的事，纔上去！現在戲演完了，總得給端把梯子，好讓人家下台呀！」

張雄忍無可忍地咬著牙，想痛痛快快的破口大罵，但話到嘴邊就咽住了。於是，他急急的到門角去扯下雨衣，門一拉，走了。

趙隊長得意的喝了一口酒，纔發覺劉老闆那雙陰鬱的眼睛，在定定的盯著自己。

沒等他開口，刀疤老六搶先說。話裡有挑釁的意味。

「你捨不得幹掉他？」

「她？」

「——他！」

「你這話是甚麼意思？」騾子沉重地放下杯，不快活地問。

刀疤老六並不馬上回答，他慢條斯理的斟好酒，後然將自己的杯子拿起來，狡黠而含蓄地笑著說：

「也好！反正在深圳不愁找不到比他本份一點的蛇頭！」

發覺自己的陰謀已被對方窺破，趙隊長微微震顫一下，但馬上又平靜下來。

「你的眼光真不壞呀！」他陰險地注視著刀疤老六。

「嘿嘿……」劉老闆點著頭，摸摸頸上的刀疤。當剛纔他們在演那場「戲」時，他已經深深的考慮過。他覺得，蛇頭這件事，他假裝不知，非但對他沒有甚麼好處，反而以後處處得小心提防。與其這樣，不如索性當面把事情弄穿，一來可以表示一下自己願意和平共處，長期合作的誠意；二來也得讓對方以後不敢在自己的身上打甚麼主意。因此，現在他用那種有力的，鋒利的江湖口吻開始說：

「我刀疤老六在江湖上，不混不混，也混了好幾十年了，天神小鬼全見過！對人對事，不論是眼睛看到，耳朵聽到，心裡算到，多少總留個退步。不過，萬一事情逼到頭上，那我倒要比一個高低！」說著，他碰碰趙隊長的酒杯。「不然，我這些年就等於白混了——來！咱們哥兒倆痛痛快快的乾一杯。」

趙隊長冷靜的舉起杯，比了比，一飲而盡。

「不過，這場戲還在後頭啊！」刀疤老六加上一句：「明兒個晚上，瞧你的嘍！」

騾子裝著假笑，不甘示弱地用同樣的聲調接嘴：

「總有得你瞧就是了！」

這句話使刀疤老六驟然吃了一驚。他馬上感覺到它裡面所包含的份量，以致他剛纔的矜持和鎮定竟在這短短的一瞬間失去了。他開始承認自己已經弄巧成拙，打草驚蛇。

但，趙隊長並沒有留意到他的不安。比這位「失了策」的刀疤老六更機警一點，他忽然扭轉身。客棧的板門被輕輕的推開了，一個被雨水淋得透濕的，疲憊而神色不安的男人走了進來。

屋子裡的人，同時凝望著他。

蕭瑟遲疑了一下，但他知道現在退出去反而更會引起這個「解放軍同志」的注意和猜疑；於是便沉著地關上門，向板桌前的趙隊長和劉老闆點頭招呼了一下，然後一邊抹抹臉上的雨水，一邊若無其事地問：

「還有空的房間吧？」他低著頭，在門口擦淨鞋底的泥漬，故意含糊地咕嚕著些甚麼，表示自己在這個時候到來是有正當理由的。

今天的快車又脫了班，趙隊長早就知道。所以趙隊長一點也不覺得奇怪，他回過身來繼續喝酒。

「房間，有！」劉老闆站起來，向一直楞在屋柱邊上的小揚州叫道：「呃——妳還不快去招呼客人！」

一個古怪的念頭很快的便鑽進小揚州的心裡。她略一思索，隨即抬起頭，注視著蕭瑟。

「只有你先生一個人？」她用軟軟的聲音問。

「是，是的。」仍站在門邊的蕭瑟回答。

「你跟我過來呀！」

他緩緩地向她走過去，極力在掩飾著跌傷的右腳。

她引領著蕭瑟到帳櫃前，拿下登記簿，然後指示著要他在甚麼地方填寫。她一邊替他磨墨，一邊端詳著他。

發覺小揚州的眼睛在自己的臉上轉，蕭瑟連忙垂下眼睛。

「你先生尊姓？」她拖著聲調問。

「姓，姓蕭。」

「小？哪兒有姓小的？」

「蕭，」他笨拙地作個手勢，「是這個蕭。」

「哦——蕭先生！」她淫蕩地笑著，玄惑地說：「你懂得嗎？我是這兒的長客！」

「……」

「你要是怕一個人太冷清的話，」小揚州伸手搭在蕭瑟的右肩上，向他擠了擠眼。「我倒可以到房間來陪陪你……」

蕭瑟尷尬地微微將身體讓開。

「唷，你這樣怕我幹嘛呀？我又不是老虎！」說著，她向趙隊長瞟了一眼，有意味地說：「有些人，現在就是想黏也黏不上呢！」

最後，蕭瑟總算是斷斷續續的填好登記簿，然後跟著這個在做另一場「戲」的小揚州到樓上去。

板桌上在看戲的兩個觀眾互相望了一眼。

「嘿！真看不出呀！」騾子陰陽怪氣地嚷道：「小揚州居然還有這一手！」

「這還不是給你看的嗎？」刀疤老六接著說。

「給我看？格娘賣×的——我纔怕看呢！」

「怎麼？」看見對方站起來向板門走，他問：「還要走呀？」

趙隊長拿著油布披風的衣領，手向頭頂一轉，便將它披在身上。他一邊拉開板門，一邊說：

「還不是為了那張筆據！」

十二

第二天侵晨，昨夜的風雨已止。在平安客棧樓上的二號房間裡面，蕭瑟擁被靠坐在床上。他那雙困倦而憂鬱的眼睛注視著那逐漸變色的窗格。

由於隔壁那位少女徹夜不停的哭泣，使他失眠了一夜。昨晚當他被小揚州糾纏，而用一些錢將她打發走之後，他脫下身上透濕的衣服，攤掛在椅背和床架上，然後精疲力竭地在床上倒下來。當時，雖然他已經疲憊得連四肢都變得僵硬而麻木——他從跳車的那個地方開始，順著鐵道步行到這兒——可是，他卻不能入睡，他靜靜的平躺在床上，睜著眼睛。那低矮而烏黑的樑木和黝黯的屋瓦，就彷彿那已逝去的日子一樣，橫在他的面前；而內心中，卻被一種激動的情緒震盪著。他想起他曾經那麼狂熱地迷醉於那個不可思議的想望，而又終於從這冗長的噩夢中甦醒過來……

那淒切的風雨和少女的哭聲擾亂他。跳車時因在野地上翻滾而扭傷的足踝，開始感到難以忍受的疼痛。為了減輕痛苦和渡過這個失眠的夜晚，他使自己陷入深遠的回憶中……

少女的哭聲透過這層薄薄的板壁，在這寒冷而狹仄的空間震顫著。那是一種絕望而沉痛的聲音，如同他那復甦的靈魂，為他的命運而哀哭的聲音一樣，在他的生命中發生一種奇特的共鳴。當這種聲音突然打斷他的思想時，他曾經有向隔壁哭泣的人勸慰的慾望，但又隨即打消了這個「愚蠢」的念頭。

現在，隔壁那輕微的啜泣聲停止了。而他的思想卻在這種聲音未停止之前，已經停止在最後的一個問題上——怎樣安全地偷渡？

忽然，他聽到隔壁發出走動聲，於是他也跟著爬起床，急急的穿起那套根本未乾的衣服，然後去推開床前的木格窗。

窗外迷漫著一層乳白色的霧氣，使這個早晨顯得份外沉靜。他將頭探出窗外去，深深的呼吸著；讓這微濕而寒冷的氣流充滿了他那被窒息的肺葉，清醒他那暈眩的頭腦。

他和少女的房間是緊靠著的，當中只是一板之隔。而前面的木格窗，卻被這兩個房間平分一半。所以當蕭瑟正要將上身探出窗外時，突然發現周明夷正靜靜的伏在窗檽上沉思，兩人之間的距離，彷彿她就坐在他的旁邊一樣。於是，他連忙收回頭。

在這一瞬間，周明夷也同時發覺了，而且她已經看清了他的臉。現在，她抬起頭，一時想不起這個人是在甚麼地方見過的？面貌非常熟悉。

這邊，蕭瑟也有同樣的感覺。

為了要解答這個問題，他們又不約而同的微微伸頭出去。而這一次卻正好來一個照面，再退回去已不可能，於是互相只好尷尬地點點頭。

周明夷已經從這短短的凝視中想起這個人是誰了。他隨即匆匆的從他的眼中逃開，將頭低下來。

「妳就是周小姐吧？」蕭瑟微笑著問。

少女吃驚地望著他。

「呃──」他連忙解釋：「我，我是在旅客登記簿上看見的！」

「哦……」

「如果妳不見怪的話，」蕭瑟摯切地說：「我總覺得，呃，我們像是在哪兒，我想不起甚麼地方見過──是嗎？」

周明夷想了想，幽幽的回答：

「在廣州來的火車上。」

「啊！是……是的！」他驟然緊張起來。隨即急急地掩飾道：「很抱歉，因為我急著下車，所以沒來得及替妳將書撿起來！那，那位老人家，是令尊吧？」

少女的臉上掠過一陣劇烈的痙攣，她抑制地扭轉身，熱淚已從眼角滑落下來。

在他再詢問時，她用哽咽的聲音回答：

「他過香港去了。」

「那麼，妳……」

她極力忍住哭。但，這句問話使她的抑制力量完全失去了，她雙手蒙著臉。開始悲痛地抽泣起來。

這一來，蕭瑟慌了。他探頭到窗外去，顯得有點失措地要想拍拍對方的肩，又急急的將手縮回來。

「真，真對不起！」他愧疚地吶吶道：「我是不……不該問這些話的！」

「……」

等到周明夷漸漸止住哭聲，蕭瑟望著前面逐漸消散的晨霧，沉重地唸道：

「離別，總是一件令人痛苦的事，尤其是在這種年代！」說著，他緩和地問：「妳既然是學文學的，妳應該記得後主的兩句詞？」

少女默默的抬起頭，仍背著窗。

「無限江山，別時容易見時難！」他輕喟道：「這不就是今天的情景嗎？──昨兒晚上……」

「我一定是打擾你了。」她歉仄地說。

「不！我……我不是這個意思！就是說──」

蕭瑟陡然機警地回轉身，他看見房門不知在甚麼時候已經被打開了。小揚州帶著一個神秘而輕挑的笑意，懶懶的斜倚在門邊。

她噴了一口煙。等到那團白色的煙消散之後，她纔重新站好，用那種令人發膩的聲音說：

「蕭先生，你們談得可真投機呀！讓我在門口站了好半天，纔敢走進來。」

「又是甚麼事？」看見她開始走過來，他有點不快活地問。然後回到床邊坐下，隨手拿起擱在椅子邊上的半截香煙，可是火柴老是擦不燃。

小揚州將自己手上的煙頭遞到他的嘴邊，替他點燃。

「昨兒晚上，你沒睡好吧？」她問。

蕭瑟頻頻吸著因受潮而抽不動的香煙，沒理會她。

「……」小揚州作態地望望板壁。「嗚呀嗚的，就哭了整整一宿！女人家呀，就是這一點比不過你們男人！」

小揚州習慣地用手搭到蕭瑟的肩上，蕭瑟連忙讓開。她笑了，有意挨著他身邊坐下。

「你怎麼不說話呀？」

蕭瑟無可奈何地站起來。

「你如果覺得討厭，說好了，我會出去的！」她雖然這樣說，但，並沒有站起來。

「甚麼話，」他笑著敷衍：「坐，請坐！」

「我這個人呀，生成就是一副賤骨頭。你不請，我非要；可是你真的請我坐，我倒要站起來纔舒服！」

蕭瑟攢著眉，在思索著，怎樣應付這個討厭的局面。而小揚州卻又黏了過來。

「你呀，」她似乎已經知道他在想些甚麼，笑了笑，「你真是個好人！心腸又軟又老實。昨兒個晚上，讓你花了錢，你又不——那個我，反而弄得我怪難為情的！所以嗎，我想來陪陪你，那曉得你們已經談得這麼熱和了。不過呀！」她走近窗前，突然變換了一種詭譎而嚴肅的語調說：「我勸你可千萬別伸著個舌頭去舐刀口啊！」

蕭瑟一時聽不明白她這句話。

「哼……」小揚州斜睨著板壁，沒頭沒腦地發洩：「她還以為她父親真的過得去呢！」

「妳在說些甚麼？」蕭瑟丟掉煙蒂，沉肅地注視著她問。

「唷！怎麼光起火來啦？」小揚州回過身，靠在窗檽上。「我是說著玩的呀！其實，我也知道——你在看前面的那條河，河那邊的山，山那邊……」

蕭瑟十分敏銳的覺察到小揚州話裡和眼神裡所表達的特殊意味。可是，對於這來得太早的幸運，他反而猶豫起來。因為在他的想像中，這是一條險惡的路，渡過這條血河，他知道應該付出多少代價。因此，他沉靜地望著這個女人的眼睛，極力抑制著內心的激盪。

他突然顯出這股緊張勁兒，小揚州已經完全明白了。於是她正色地繼續說：

「昨兒晚上，我不是已經跟你說過了嗎？如果你有甚麼大不了的困難，只管說，我小揚州雖然沒有甚麼本事兒，不過多多少少，總可以幫你點忙的！」

現在，蕭瑟已經將主意拿定了，他不能放走這個好機會。所以當小揚州用那種矜持的步子一步一步的向房門走過去，經過他的面前時，他急忙伸手攔阻。

「要多少錢？」他直截而低促地問。

「不多，一千塊！」她殘忍地笑笑。

「不能再少？」

「你最多能出多少？」

「我先聽妳的！」

「——一刀砍！八百！」

「……」他皺了皺眉。「甚麼時候？」

「今兒晚上一點鐘！」

「現在就要付錢嗎？」

「用不著，到時候你交給蛇頭好了！」

「好的，謝謝妳。」

「謝謝？」小揚州頭一揚，手一攤，不以為然重複著。

蕭瑟困惑地望著她。

「這是規矩呀！」她貪婪地動動平攤著的手掌，說：「你連這都不懂？」

「啊，」他連忙陪著笑：「我應該給妳多少？」

「還不是隨你蕭先生賞嗎？」

蕭瑟將一小疊紙幣遞給小揚州。小揚州沒去數，敏捷而熟練地將它塞進襪套裡，然後不聲不響的離開房間。

被心裡即將到來的幸福所昏眩的蕭瑟跟著她過去，掩好房門。回轉身，他突然發覺眼前的一切是那麼的神奇而美好；這寒冷，狹仄，簡陋的房間似乎在轉瞬間充滿了生氣，具有一種使他癲狂的魅力……

「啊！」他在心裡喊道：「它來得太快了！」

十三

周明夷聽到小揚州的腳步聲在外面的走道上消失，她驟然感到極端的慌亂。她一時不能解釋自己慌亂的原因。由於一個悲慘而痛苦的記憶的重現，她本能的畏縮著，直至她那渾沌的神志逐漸恢復，她纔從心底叫喊起來：

「這是一個陷阱啊！」

剛纔，從小揚州走進蕭瑟的房裡開始，她便貼在板壁上偷聽他們的談話。對於這個女人和趙隊長之間的關係，她在昨晚已經完全明白了。當時她啼哭著，獨自奔上樓去。但她只走到樓上的梯口，便無力再舉步了；她頹坐在樓梯上，扶著梯口的欄杆，嚶嚶的哭了好些時候。因此，後來小揚州和趙隊長那場「戲」，她聽得很清楚。她了解自己對小揚州的威脅。所以當小揚州用那種惡毒的聲音，說起關於她父親的那些話時，她還以為這是由於妒嫉而發的。可是，接下去的話，卻使她渾身顫慄起來了。

現在，隔壁的蕭瑟開始用輕輕的口哨吹著一支活潑明快的調子。她傾聽著，她從這種愉悅的聲音中體察到，他正被一個虛幻的夢想所燃燒。她怕聽這種聲音，因為她記得自己在昨天——在劉老闆離開房間之後，她（以及現在已離她而去的父親）也曾抱著與他相同的熱望。可是，她已跌進這個悲慘而絕望的陷阱裡了。而現在她又發覺這個男人已經走近這陷阱的邊緣。她覺得，她雖然並沒有想過怎樣爬出這個陷阱，但，她仍有足夠的力量阻止這個人跌下去。

這個念頭使她迫不及待的伸手去拍著板壁。

「蕭先生！」她低促地喊道：「蕭先生！」

「有甚麼事嗎？」蕭瑟停止吹口哨，回答。

「我，我要告訴你一件事！」

「嗯，」他困惑地望著板壁，說：「妳說吧！」

「今兒個晚上，你——你千萬別走呀！」

他驚惶地退靠在木桌邊，然後強作鎮定地問：

「哦，妳聽見了？」

「我在偷聽，」她誠實地回答：「我知道你要過去！」

她是甚麼人？她為甚麼留在這兒，不跟她的父親一起到自由區去？現在她知道了這件事，會不會對自己有所不利？

這一連串的問題，馬上在蕭瑟那驚魂未定的心中升起。他一時不能解答，簡直可以說不知該怎麼應付這個局面纔好。

周明夷發覺隔壁沒有聲息，於是她又著急地拍拍板壁。

「你怎麼啦？」她關切地問。

知道這件事已無可挽回，否認掩飾亦與事實無補，於是蕭瑟將心一橫，凜然地說：

「沒甚麼！妳既然已經知道了，要怎麼樣，隨妳的便吧！」

「啊——我求你別這樣說！」少女急急地分辯：「因為我知道你就是——蕭索先生，所以我一定要……」

聽到這個「身份不明」的女人竟然說出自己的本名，蕭瑟驚惶地摸了摸領口。以一種似乎並不是他所發出的聲音喊道：

「妳，妳弄錯了！我……我叫蕭瑟——琴瑟的瑟！」

周明夷微張著嘴，半晌說不出話。為了要表明心跡，獲取對方的信任，於是，她急急的說：

「你還記得我在火車上看的那本小說？」

他當然記得！就是他沒有替她拾起來的那本書——那本曾經紅極一時，捧上天；而馬上又「犯了嚴重的錯誤」，被攻擊得體無完膚的《紫色的平原》。

少女並沒有等候他回答，已經接，著說下去：

「那扉頁上，不是印著你的一張畫像嗎？其實，我在火車上就在注意你了，當時只覺得你的神色有點不對，後來——我把小說撿起來，纔知道你就是它的作者。」

「……」

「所以，害怕有麻煩，我在火車上就偷偷的將那本書扔掉！」略一停頓，周明夷懇切而虔誠地繼續說：「現在，你用不著再瞞我，也別怕我！因為我知道這個陰謀，所以我纔警告你！」

「……」蕭瑟的喉管裡發出短短的呻吟。

「你千萬別相信剛纔這個女人的鬼話！那——那是他們害人的圈套！」

「圈套？」他噓了口吐沫，困難地問：「妳，妳怎會知道的？」

「怎麼知道！」熱淚從少女那浮腫的眼睛中迸出，她用悲憤而撕裂的聲音說：「我老實跟你說吧，我昨兒晚上就是這樣給抓回來的！」

蕭瑟怔住了，好一陣纔醒悟過來。

「啊！」他激動地貼近板壁。「那麼，妳，妳的父親……」

「他們是一起串通好的！」周明夷軟弱地哽咽道：「那個姓趙的隊長在河邊抓住了我們！他逼我跟他……」

「結果妳答應了？」

「到了那個地步，妳不答應又有甚麼辦法？所以我要他放我的父親過去，我就肯依他！」

「他放不放，妳又怎麼知道呢？」

「所以我要他帶給我一張我父親的筆據！」她痛苦地低弱下來：「不過，剛纔那個女人在你房裡說的話，我聽懂了——他是不會放我父親過去的！」

「可不是！共產黨要弄張把假口供，假筆據，那真是太容易了！這裡邊的那一套，我全懂！到了那個時候，你不寫也得寫呀！」

「那麼他現在……」

「現在妳急也沒用，只好聽天由命了！不過——」蕭瑟向四周望望，像是在對自己說：「這樣總不是辦法呀？」

「你想逃？」周明夷驚愕地擡起頭。

「噓……」蕭瑟機警地制止。

他們同時扭過頭去望著自己的房門。

有輕輕的腳步聲在外面的走道向這邊走過來……

周明夷緊靠著板壁，坐在床上。她驚駭地一手掩著自己的嘴，一手捉住衣襟。當腳步聲在她的房門前停止時，她已經意識到一件甚麼可怕的事情馬上就要發生了。

現在，那沒有門閂的房門被一隻手輕輕的推開了停了停，她看見帶著滿臉猥褻笑意的趙隊長緩緩的跨進門。

「哦——已經起來啦，我還怕會吵醒妳呢！」他假情假意地笑著說，用背去推上門。然後，他用手掌搔了搔下巴，便向她走過來。

周明夷發覺自己癱瘓在床上。她想叫喊，可是喉管像是被甚麼壅塞著，發不出聲音。直至趙隊長一屁股在床邊坐下，伸手去摸摸她的臉時，那種本能的力量纔重又回到她的體內。她掙扎著，向後退縮……

「出去！」她顫聲叫著：「——出去！」

「妳別怕呀。」趙隊長捉住她的手。

周明夷已退縮至床角，她臉色慘白，渾身在發抖。當趙隊長的另一隻手伸過去擁抱她時，她伏下頭去，狠狠的在他的臂上咬了一口。

「噢——」趙隊長連忙鬆開手。但，他並沒有生氣，他仍然笑著。突然，他將周明夷攔腰一抱，接著便粗暴的伸著頭去吻她的臉。

周明夷扭著頭，掙扎。她以肘拐去撐開他的身體，用手扯著他的頭髮和抓他的臉……

隔壁，蕭瑟焦灼地傾聽著，痛苦的絞著自己的手；他不忍心再聽下去，但又感到無能為力。桌上的土瓷茶壺突然觸動了他的靈感，於是他踩著腳跟在房間裡走動起來。他故意用力拍拍茶壺的蓋子，然後表示等得不耐煩地將房門打開。

「茶房！」他大聲地嚷道：「茶房！他媽的都死光啦！」

這突然的騷動使這邊房間裡的趙隊長嚇了一跳，他鬆開周明夷，皺著眉向板壁這邊望望。

他聽見那個暴怒的聲音跟著又詛咒起來了：

「簡直太不像話了，一盆洗臉水打了他媽的半天！連壺開水都捨不得灌！」拍桌子的聲音。

「來個人呀！」

於是，小揚州慌慌張張的應了。

「來啦！來啦！」嘈重的腳步聲在走道上響起來，樓板微微的震動著。

趙隊長望了望周明夷，他進房裡來時的情緒被這些聲音整個破壞了。他痛恨地推開她，霍然從床上跳起來，衝向房門去，準備找個岔兒發洩發洩。

小揚州經過的時候見他站在房門口，便帶理不理的白了他一眼，然後用抱怨的聲音向站在過道口的蕭瑟說：

「蕭先生！大清早的，你光這麼大的火幹嘛呀！」

「我問妳！」蕭瑟故意向小揚州發作：「我住你們旅館，是不付錢的是不是？」

小揚州對於蕭瑟現在的態度覺得奇怪。他回過頭望望臉色陰暗的趙隊長，然後不解地問：

「誰說你付不起錢來著？」

為了要使這幕短短的鬧劇表現得更成功一點，蕭瑟像是受了委屈似的，向趙隊長這邊走近兩步。

「好！妳沒說！那麼就請隔壁這位同志評評理看，難道我們做客人的，連叫你們打盆洗臉水，泡壺茶都叫錯啦？」他裝摸作樣地歪了歪頭，瞪著小揚州，繼續說：「我先警告妳，如果妳耽誤了我搭早上這班到廣州的快車——哼！我就要找妳算帳！」

現在，小揚州算是懂了。

「好啦好啦，」她推推他的手臂。「我跟你下樓去打來就是了！」

蕭瑟的嘴仍在咕嚕著。趙隊長望著他和小揚州一起走進房間。他覺得，再跟進去找這個「混蛋小子」的麻煩，似乎又沒有藉口；但，心裡這股氣還沒有完全平伏下來，所以也不願再返回周明夷的房裡。他在那兒待了一會，然後匆匆的下樓去。

「我倒要查查看，這小子是吃幾兩米的！」他向自己說：「找岔兒挑眼——還不容易？」

十四

這間狹仄而雜亂的屋子裡塞滿了令人嗆咳的煙霧，和嘈鬧的人聲。有十多個人圍著一張方桌，在聚精會神的注視著灰色墊毯上的那幾十隻黑色的骨牌。當那些高亢的吵鬧聲突然鬨揚起來，而漸漸變成一片含糊的詛咒之後，那些骨牌又響了，然後，蹲在櫈子上的那個顯然手氣很不壞的「莊家」一邊搖著手上的骰子，一邊用他那雙血紅的眼睛向兩邊望望，叫道：

「放手！放手！」

屋子裡跟著沉靜下來。連剛纔老是繞著桌子飛的那隻紅頭蒼蠅，也停止在那盞低低的吊在桌子當中，頂上在冒著黑煙的馬燈的旋扭上。

「依照剛才那副『殺通關』的老規矩，紅臉的莊家先將橫排在桌面上的骨牌擺一個『兩頭開』，然後將骰子放到嘴上呵了口氣，再在頭上一揮動，便撒在骨上。」

「殺——啦！」他大聲叫起來。

其中一顆骰子還在旋轉……它終於停止了。

「他媽的！又是『九在手』！」對坐在莊家前面的張雄生氣地嚷道。因為剛纔莊家連著打了兩次九點，而兩次都是「殺通關」；這就是「手氣旺」的表示，對賭家是一個威脅。

他拿了牌，看見莊家又像剛纔一樣，並不馬上看牌，他心裡就覺得不舒服。於是他重重的將那四隻骨牌習慣在桌子上一拍，拿起來，用一種快速的動作用手掩著看。

可是他拿著一副很尷尬的牌，不大不小，又大又小；為了穩紮穩打，他擺個「蹩十」頭，「天九王」壓尾。

現在，他看見「莊家」拿起牌了。那紅臉的傢伙只是一看，眉頭便皺起來。不過，他似乎根本不予考慮，便將牌蓋著。

「擺好了沒有？」紅臉的惡聲惡氣地說。等到賭家全收回手，他猛然將自己四隻牌一翻。

「——自己開頭！有頭的走！沒頭的殺！」

聲音又爆發開來了……

莊家也是「蹩十」頭，不過，它的尾卻是「至尊寶」。

上家是三點頭，和。輪到張雄，他連翻也懶得翻，便將自己的牌推開。他的「蹩十」只比「莊家」的小一點點，但這一點點就「斷送了他的江山」！

莊家那多毛的手順著桌面將張雄押下的賭注掃回來，快活地喊道：

「好呀——居然還殺了個肥的！」

「他媽的！這種牌！」張雄翻翻眼，忽然對於又開始繞著他嗡嗡亂飛的蒼蠅大為不滿，他痛恨地揮著手，詛咒起來：「怎麼這天氣還有這種鬼東西——去！怪不得老子總是輸錢！」

坐在他右邊的瘦子沉鬱地盯著張雄。

「還不是你在河邊給帶回來的！」那瘦子認真地說。

所有的人都抬起眼睛來注視著張雄。

「你，你這……這是甚麼話？」張雄急急地反問。

「問你自己呀——甚麼話？」瘦子生硬地沉下聲調：「我說老張呀，咱們幹這一行，賺這兩個錢，可都是光明正大，拿命換來的啊！你們在垃圾灘那邊……」

「怎，怎麼樣？」

「聽說是把人家往回帶，沒送過去！」

「真，真他媽的天，天——天理良心！」張雄慌亂地站起來，拍拍自己的胸口。「我姓張的再不是人，也做不出這種傷天害理的事呀！」

「反正無風不起浪！」瘦子望望大家，說：「你們想，假如真的有這種事，總有一天咱們這口飯就吃不成——誰還敢找咱們帶過去呀？」

發現大家的臉色不對，張雄虛張聲勢的又叫起來。

「竹桿！」他指著那瘦子。「這話是誰向你說的！走！我非要叫他把證據找出來不可！這可不是鬧著玩的呀！」

「算了吧，」另一個人說：「只要你自己心安就成了！」

「我怎麼不安？我安得很！」

「對！只要你這樣說！」那叫做「竹桿」的瘦子神情嚴肅地補充道：「不過，你們可要當心點啊！到時候，可別怪咱們兄弟招呼沒打在前面！」

紅臉的莊家被這場小風波耽誤了些時候，已經有點不舒服，為了害怕自己的好手運會突然走掉，他連忙嚷起來：

「好啦！要賭的就押！」

於是，賭博又繼續下去……

但，張雄的賭興被「竹桿」這幾句話擾亂了，他心神不安地押了幾副，沒有甚麼輸贏。忽然想起剛纔叫的麵還沒有煮來，便借故空押一局，回過頭去催攔坐在門邊的漢子。

「呃，蹶子！我叫的麵呢？」

滿面煙容的蹶子正要回答，門響了，他從那張破籐椅上直起身，拉開板門上的一隻小窗，向外面望望，然後移開那根拐杖，開了門，讓那個端著麵托的孩子走進來。

「你又死到甚麼地方去了！」他在那孩子的腳踝上踢了一下，幾乎使他弄翻了手上端著的東西。他喝道：「還不快點給端過去！」

當他再從賭桌那邊回過頭，準備掩上板門，纔發現一個穿黑大衣，戴灰呢帽的男人已經跨了進來。

「喂！你找誰？」他伸出那根拐杖去攔阻，惡聲惡氣地問。

朱克並不理會這位賭場主人，他推開他的拐杖，只管向賭桌那邊望。

蹶子很快的便注意到他從大衣袋裡拿出來的那副手銬，於是他識相的馬上將拐杖收回來。這個時候，朱克回頭望著他了，臉上毫無表情。

「你見過這個人嗎？」朱克將拿在另一隻手上的照片遞到蹶子的面前。

「沒，沒見過！」

「真的沒見過？」

蹶子再望望照片，抬起頭，誠實地回答：

「實在是沒……沒見過！」

賭桌那邊，張雄又輸了一副牌，他詛咒著，一不小心，麵在桌上打翻了，他大聲的命令站在桌子邊上看他們賭錢的孩子去拿抹布來。但他們始終沒注意到在門邊和蹶子說話的朱克。

「這傢伙是幹甚麼的？」朱克注視著張雄，問。

「是跑旅館的。」坐著的人懾嚅地回答。

「跑旅館？」

「嗯。」

「……」朱克大概已經懂得跑旅館是什麼意思，他又問：「哪一家？」

蹶子向賭桌那邊瞟了一眼，遲疑地回答：

「就，就是橋頭右邊角上的那家平……平安客棧。」

「平安客棧？」朱克想了想，說：「我在橋頭附近轉了一個早上，怎麼沒有著見有家平安客棧？」

「怎麼會沒有呢？」蹶子解釋：「大概你沒走到底，它是一間破樓房……」

「哦！」朱克記起來了，他沒聽蹶子說下去，便將手銬放回衣袋裏，連忙返身離開這個賭窟。

他低著頭，穿越過廣場，向橋頭右邊那排房子走過去……

十五

在這間並不平安的平安客棧裡面，劉老闆坐在板桌前，很仔細的揩拭著馬燈的罩子。他的右手拿著一塊破毛巾，左手轉動著燈罩；然後，他將它舉起來照照光，在它的上面呵呵氣，又繼續擦動起來。彷彿這不是一件工作，而是他的一種消遣，打發掉這一段煩悶的時間。

突然，他的左眼皮急促的跳了幾下。

「他娘的！」用手去揉揉眼睛，他喃喃地自語道：「又是甚麼財路？」

對於這種「左跳財，右跳禍」的預兆，他是曾經累試不爽的，於是，他隱隱地笑了。但，他的笑還沒有完全展開，一個思想馬上鑽進他的腦子裡。

——就是關於蕭瑟，這條「長帶魚」。

「這傢伙整天不下樓？」他想：「早上還好好的，忽然又說病了？」

總而言之，他認為蕭瑟一定有點問題。按照以往的規例，他並不在乎這些。到深圳來的人，不論有無路條，總有點毛病（至少心理上是如此）；問題不在毛病，因為毛病越大，他越有把柄要挾對方，多榨出幾個錢。

就在他盤算著怎樣捉住「長帶魚」這點毛病時，朱克踏進客棧裡來了。

這位負有「特殊任務」的跟蹤者昨天早上到達深圳之後，他先在一家小客棧裡休息了半天，下午纔開始四處走動。他在心裡曾經慎密的計算過，儘管蕭瑟已經發現了自己，他也不可能再退回去。於是他替蕭瑟預定一個到達深圳的時間。

但，昨兒晚上他毫無所獲。今天他又轉了一整個上午，可以說深圳的每一家旅館，每一個角落都找遍了，還是沒有消息。剛纔，他幾乎已經絕望了，他想：蕭瑟也許跳車時摔死？也許真的退了回去，再繞到澳門那邊？當他在一個麵攤上，一邊吃麵，一邊計劃著下一個步驟時，麵攤老闆和那孩子的談話引起了他這個奇怪的念頭，跟著那孩子到蹶子的賭窟去；這才從蹶子的嘴裡，發現自己忽略了這家「外面看看不像一家客棧」的客棧。

現在，他站在門檻裡面，向四周打量了一下，眼睛落到劉老闆的臉上。

「你是這家客棧的嗎？」他問。

「嗯，是的。」

「——去把登記簿拿來！」

一時摸不清對方是甚麼路道，刀疤老六用布揩著手。

「您是……」

「你是怎麼啦！」朱克不耐煩地瞪著他。「叫你拿，你就去拿呀！」

劉老闆無可奈何地將登記簿拿來給朱克，然後用那種陰鬱的目光偵伺著他。

朱克從後面翻起，他差一點喊叫起來。

「蕭瑟？」他在心裡唸著上面蕭瑟所填寫的表格。雖然字跡和內容完全不同，不過，他知道這是必然的。誰會這麼傻，將真的填上去。為了要證實是他，朱克想將放在大衣袋裡的照片拿出來，讓這位老闆對一對。他忽然又認為這是一件多餘的事。

「真是三句不離本行啊！」他在心裡笑起來。「蕭索改為蕭瑟！不壞——到底是文人纔想得出這種好名字！」

於是，他在這一瞬間變了主意。抬起頭他說：

「給我一個房間！」

他再說一遍，劉老闆纔聽懂了他的話。

「您要開房間？」他困惑地問。

「怎麼，已經客滿啦？」

「不！還有還有！」劉老闆鬆弛下來了，他笑道：「我還當您是來查甚麼的呢！您跟我到樓上來吧。」

他們上了樓，劉老闆將走道右邊的三號房（緊貼著蕭瑟的二號房，和小揚州的房間隔著一條走道）的房門打開，讓朱克進去。

朱克進房之前，已經很清楚的望見走道底，一號和二號房的小木牌，而且馬上知道自己的房和蕭瑟的只隔一層木板，因為他在梯口的水牌上已經先作了準備。所以當劉老闆那麼慇懃周到地過去拿臉盆和茶壺時，他連忙攔阻。

「不用了！」他抓抓頭髮，將帽子扔到小桌上，然後做作地打了個呵欠，說：「我想好好的睡它一覺！」

「那麼您的飯，是不是跟您送上來？」

「再說吧，醒了我會叫的。」等到劉老闆出了房門，他叮囑道：「千萬別把我鬧醒呀！」

之後，他假意脫衣睡到床上去，而且很快的便發出一種勻暢的鼾聲……

這種鼾聲連續了十分鐘，然後漸漸微弱下來；再過一些時候，他假作翻了翻身，聲音便完全靜止了，這是沉睡的現象。於是再停停，他便放輕動作下了床，不讓自己發出絲毫響聲，然後走近前面的板壁，從一條狹小的板縫中向隔壁蕭瑟的房間偷窺。

但很可惜，他只能看見右邊的半個房間：半邊木格窗，閉著；小桌靠著板牆，上面放著茶壺和油燈；椅背上涼著一件外衣。房裡的人顯然是在木床那邊，他無法看到。他懷疑蕭瑟正在睡，因為沒有一點聲息。

其實，隔壁的蕭瑟始終背靠著那邊的板壁，坐在床上。從劉老闆引領朱克上樓開始，他便停止和周明夷談話。周明夷也和他一樣，以相同的姿勢坐在床上，像是背靠著背。

現在，蕭瑟纔放下心，用手指輕輕的敲著板壁，等到周明夷那邊有回聲之後，他纔壓下嗓門，繼續他們剛纔中斷了的話。

「現在問題不在我，我可以裝病，不走。」他憂慮地問：「可是，晚上他拿了妳父親的筆據來，妳又怎麼辦呢？」

「難道說，妳也裝病？」

「你以為他真的那麼仁慈？他纔不會管我病不病呢！」

「那麼……」

「到了那個時候，再說吧！」周明夷絕望的說。

蕭瑟也覺得一籌莫展，所以話也接不下去。沉默了一陣，他焦燥地跳下床。右手揑拳，不斷的打在左手的掌上，在房間僅有的一點點空間裡走來走去，攢眉苦思……

這個時候，朱克纔從板縫中看見蕭瑟。雖然剛纔他們說話的聲音很低，但他沒有聽漏半句，只是愈聽愈使他困惑。最先，他還以為蕭瑟在自語，後來，他纔發現他和一個女人談話。至於這個女人是誰？和他有甚麼關係？他們是不是預先約定在這兒會齊的？他為甚麼要裝病？她的父親的筆據又是甚麼意思？那女的所說的那個「他」又是誰？「到了那個時候」又是甚麼時候？

這一連串的問題使朱克墜入五里霧中。

十六

冬天的白晝是很短的，尤其是它的黃昏。

黑夜很快的便到來了。到來之前，那像是為了這個不幸的夜晚而哀泣的雨點，又開始從死神的黑翅下飄落下來……

寒風在屋外呼嘯著。

平安客棧的窗板和門已經關起來了。劉老闆點燃了馬燈，將它掛回吊在屋椽的鐵鈎上去。於是，就著這半支火柴，他順手將夾在耳邊的煙蒂燃上，然後攏攏袖子，向板桌走過來。

板桌上已整整齊齊的擺好四副碗筷。他纔坐下，小揚州從廚房提著一壺酒走出來，往桌上一擱，她便靜靜的坐在一邊。

劉老闆喝了一口酒，纔發覺小揚州沒走開，他催促道：

「咦——妳怎麼還不快去準備？不要到時候，又弄得手忙腳亂的！」

「早著吶！而且，我有點不大舒服。」她有神沒氣地回答。

「這又是甚麼毛病？」他皺皺眉頭。「樓上那位，又說是今兒晚上走不成了！」

「人家著了寒嘛！」

「那麼妳呢？」

「我？我著了鬼！」

刀疤老六笑了，他又喝了一口酒。

「妳也別這樣死心眼兒啦！我不是早就跟你說過嗎——哪一個共產黨是有良心的？」他沉重地繼續說：「我自己也很明白，咱們這樣低三下四的，是為甚麼？」他作個手勢。「為來為去，還不是為了兩個錢！」

「你怎麼知道我就不是為了兩個錢？」

「這就對啦！」刀疤老六神秘的低下聲音：「要錢，就得另外打別的主意；咱們好好的對付他……」

板門開了，張雄垂頭喪氣的走進來。照例，先詛咒賭運，後詛咒天氣。

劉老闆好心好意地替他斟了杯酒。

「怎麼，又輸啦？」

「一天一宿，就輸了他媽的七八百！」蛇頭心神不寧地摸著下巴上的那幾根稀疏的短鬚。

「有得輸，還不算壞呀！」

張雄不響，灌了兩杯酒。忽然問：

「今兒晚上的買賣怎麼樣？」

「糟透了！連頭帶尾，只有兩條。」

「那總比沒有強！」

「不過，有一條不對勁兒，沒搭線。」劉老闆慢條斯理的說：「搭了線的那條呀……」

「怎麼著？」

「——又說是病啦！」

「真他媽的活見鬼！今兒晚上的賭本又沒著落了！」

「得了吧！你昨兒個不是嚷著要休息幾天的嗎？」

「那，那是因為……」

「因為他扣你的！」刀疤老六替他接下去。然後向楞在旁邊的小揚州說：「妳還待在這幹甚麼呀？我們的，妳說還早；那麼樓上的，妳現在總該去弄了吧？」

「稀飯不是已經熬好了嗎？」看見張雄在盯著自己，小揚州索性站起來，回到廚房去。

等到她進了廚門，張雄纔發覺劉老闆在望著他的臉笑。這種笑有幾分鼓勵，幾分譏諷，還有幾分是讓他猜不透的。

「這回兒，」笑著的人說：「看你的嘍！」

蛇頭知道對方指的是小揚州，但他卻含糊地支吾過去。

「怎麼菜還不端上來呀？」他說。

「急甚麼？待會兒還怕沒你的份嗎！」

「還等誰？」

「你說還等誰？」

「……」蛇頭歪過頭去望望牆上的鐘。「我看，騾子不會來了吧！」

「今兒晚上是甚麼日子？他捨得不來！」

「啊……」張雄拍著後腦喊道：「對！他捨得不來？」

接著，他的眼睛向樓上飄飄，便拿起筷子在碗邊上敲起來。

他隨口唱著自編的，淫褻的小調：

「洞房里格洞咧！

冬格里格洞咧……」

十七

樓上二號房內漆黑，沒有點燈。

蕭瑟跪伏在地板上，從一隻小洞向樓下偷窺著。那隻洞是他用刀子挖成的；挖的地點就在小桌外面的一條腳下面，只將桌子挪回原位，桌腳便將它壓住了。

現在，他站了起來，樓下的燈光從那個小洞中冒上來，斜斜的貼在牆角上。他輕輕的挪好小桌，然後過去敲敲板壁。

「他們在等那個隊長來吃飯，」他低聲說：「那個女的不是買了好些菜回來嗎？我看……」

「我知道。」周明夷回答。

「那麼現在我先到外邊去看看，究竟成不成？一有甚麼聲音，馬上通知我！」

說著，蕭瑟敏捷地走近窗口，輕輕的推開窗格，然後提起左腳跨出去。當他坐在窗檽上，將那跌傷的右腳收起來時，一不小心，碰到窗格上。

「噓，當心點！」站在隔壁窗前的周明夷輕聲警告。

蕭瑟馬上停住，再過一會兒，纔繼續移動身體。他一步一步的踏在簷瓦上（下面就是店堂的前段），走到簷邊去……

其實，隔壁的朱克早就發覺了。他像一頭獵犬似的，屏息著呼吸，眼睛緊貼在板縫上，注視著在黑暗中跨窗走出前簷去的目的物。

他到外面去做甚麼呢？逃走？

想到逃走，朱克驟然緊張起來。但，他隨即又推翻了這個猜想。他幾乎是肯定的對自己說：不管蕭瑟和那個女人有甚麼關係，除非是一起，要不然他是不會單獨逃的。

驀地，樓梯沉重地響起來……

朱克只看見蕭瑟的頭，大概他已走到簷邊，而且已經聽到樓梯上的聲音了。

朱克正為蕭瑟著急，周明夷向窗外發出警告了。蕭瑟驚惶地在簷邊扭轉頭，然後跨開腳步，向窗口走回來。雖然落在瓦面上的兩聲，會略為掩蓋他的腳步所發出的聲音，他儘可以將腳步放大一點；但，剛纔走出去的時候，他已經發覺這些瓦片是非常脆薄的，為了害怕驚動在樓下店堂喝酒的人，所以他只好小心翼翼的走著……

現在，走道上的腳步聲，已經走過朱克的房門，而蕭瑟還在窗外。最後，腳步在走道底右邊的二號房的門前停住了。

小揚州雙手端著飯托，用背去推開蕭瑟的房門，然後旋著身體走進去，當她在黑暗中將飯托放在小桌上時，木格窗和地板上突然所發出的響聲和顫動使她吃了一驚。

因為她纔從外面進來，眼睛還沒有適應房裡的黑暗。她注視了好一會兒，纔從木格窗外面那黯弱的光線中，隱約的看見蕭瑟的身影站在窗前。

「你怎麼起來啦？」她困惑地問。

蕭瑟含糊地應著。

「燒退了吧？」

「呃，退……退了。」

現在，小揚州漸漸看清楚房內的一切了。她走過去，關切地說：

「你看你，退了更吹不得風呀！還不快點把窗子關起來！」

蕭瑟反過手去關窗。

「來，過來喝點稀飯！我替你把燈點起來！」

小揚州剛擦著火柴，蕭瑟急急的過來將火柴吹熄。

在這短短的一瞬間，她已經窺見這個她不能解釋的秘密了：蕭瑟臉色驚惶，髮上和身上被雨水淋濕。

「你……」

「沒，沒甚麼！」他笨拙地掩飾著說：「剛纔我燒得慌，所以伸頭到窗子外邊去淋淋雨。」

顯然這個解釋並不使她滿意。她不響。

「妳出去吧，」他在床上坐下來。「我甚麼都不想吃，我要再睡一會兒！」

小揚州仍然不響，停了停，她纔走出蕭瑟的房間。

直至小揚州下了樓，蕭瑟纔深長的吁了口氣。他用手抹抹臉上的雨水。

「真把我嚇死了！」聲音從板壁那邊發出。

「幸虧妳叫我。」他說。

「——怎麼樣？」

「當然可以，前面和旁邊我都看過了，都下得去！」

「可是，我……我有點怕！」

「別怕，把膽子放大一點！那包東西，我本來是替自己預備的，到了萬不得已的時候，我就……」

坐在床上的周明夷沒再說下去。她神情緊張地望著手上緊捏著的小紙包。當蕭瑟問她為甚麼不說話時，她嚥了一口唾沫，嗄聲問道：

「一喝下去，馬上就會死嗎？」

「那當然！」蕭瑟又叮囑著說：「不過，妳千萬要記著，我們所有的希望都在這上面，要鎮定一點，別讓他看出來！到了那個時候，我們就可以從窗子外邊逃了！」

周明夷閉起眼睛，虔誠而軟弱地祈禱：

「但願上天保佑我們！」

樓下忽然大聲叫嚷起來……

蕭瑟連忙機警地跳下床，挪開小桌，又將身體跪伏下去窺察樓下的動靜。

樓下。剛走進客廳的趙隊長一手將張雄正舉起的酒杯搶過來，一口將它乾掉。

嘿！隊長！」劉老闆奉承地說：「真是人逢喜事精神爽呀！」

「那還用說嗎？」趙隊長放下杯子，望著板桌說：「咦，怎麼連顆花生米都沒有呀？」

「那是招待我！」張雄懶懶的瞟了劉老闆一眼。「你呀，人家劉老闆還特地為你叫小揚州辦了一桌菜呢！」

「真的呀。」

「小意思，小意思。」

張雄說的本來是戲語，現在看見劉老闆這樣認真的笑著點頭，反而奇怪起來。

「這樣說，我可得先謝謝囉！」趙隊長說。

蛇頭連自己也不明白，心裡為甚麼突然覺得不舒服。他摸摸下巴，大聲嚷道：「劉老闆，現在主客也到了，你總該上菜了吧？」

「你催個甚麼勁兒呀，今兒晚上反正沒事兒。」

「怎麼？」趙隊長望著劉老闆。「沒買賣？」

「嗯。一個沒搭線，一個著了涼，說是好了再走！」

「你是說昨兒晚上來的那個？」

劉老闆又點了點頭。

騾子思索了一下，打定了主意，便回過頭去對張雄說：

「張雄兄，這樣——又得讓你再等一天囉！」

蛇頭正要研究這句話的含意，刀疤老六卻在那邊古裡古怪的笑起來。這種笑聲，連騾子也感到意外。

「有甚麼可笑的？」趙隊長不快活地問。

刀疤老六突然止住笑，他摸著刀疤說：

「讓他多活一天也好！這年頭，能夠多活一天，就不容易啦！你說是不是？」

「呃……」發覺劉老闆在問自己，張雄不順嘴地說：「那，那當然！再說，今兒晚上又是良，良辰吉日！就算買賣再大，也不能讓咱們隊長丟下這位新嫂子，到河邊去吹風淋雨呀！」

「對！」劉老闆皮笑肉不笑的回過眼睛去望趙隊長。「不過，隊長！是不是該請咱們的新嫂子下來，陪咱們乾一杯？呃——就算現在推行的甚麼新……新婚姻法，也講究來那麼個把媒證的吧！」

這時，心不在焉的趙隊長纔算回過神，他意滿志得地拍拍胸前的衣袋，說：

「那還不是一句話！喏，就憑這張東西，還怕她不——依？」

刀疤老六正要為趙隊長的那張「筆據」乾一杯，外面的風雨突然加緊。趙隊長望望板門，略一思索，隨即霍然站起來。

「你們先喝，」他說：「我上去先把正當的公事辦完！要不然待會兒雨下大了，走不了，那纔麻煩呢！」

「公事？」劉老闆困惑地問。

「嗯。公事！」騾子並沒有作詳細的解釋，他拉拉腰上的槍皮帶，大步上樓。

十八

蕭瑟神情緊張地從樓板上跳起來，他要在最短的時間內挪放好小桌，點起油燈，然後躺到床上去。他本來要向周明夷發出警告的，但已經來不及了，趙隊長那沉重而含有威嚇意味的腳步聲，已在房外的走道上響起來。

朱克的頭，隨著腳步聲移過去。周明夷驚惶地盯著自己的房門。蕭瑟卻由於一個突如其來的不幸的預感，他反而變得鎮定而且泰然。

果然，他的房門被趙隊長粗暴的踢開了。騾子站在門口，向裡面打量了一下，然後傲慢地踏進房。

「你早上不是嚷著要去廣州的嗎？」他大聲問。

蕭瑟站起來。回答：

「不小心，受了寒，想好一點了再走。」

「哼！」趙隊長輕蔑地哼一哼，向他伸出手。「把路條和證件一起拿出來！」

蕭瑟謹慎地從椅背的上衣口袋裡將證件掏出來，遞給趙隊長。趙隊長一把抓過來，連看都不看，便將身體讓開一邊，生硬地命令道：

「把衣服穿起來——走！」

被命令的人震顫了一下，他正要企圖作最後的掙扎時，對方已經拔出手槍。

「識相點！」趙隊長像是窺破了他的動機似的說：「——走吧！」

他遲疑了一下，終於順手扯下椅背上的上衣，坦然地走出去。當他轉出走道時，他發現周明夷站在她的房門背後，驚恐而深情的凝望著他。

「再見了！」他在心裡唸著。於是向梯口走過去。在經過小揚州的房門時，他看見她斜倚在門邊，毫無表情地望著他們。

他們下了樓，朱克驟然感到絕望，因為目前的情勢，已經不允許他躲在背後了。但，他又覺得：假如他露了面，蕭瑟雖然再回到自己的手上，可是，以後又怎麼處理呢？這是一件十分辣手的事情；這樣一來，他得向這個「逃犯」公開內心的秘密，然後……

不！不能這樣！他阻止自己這樣想下去。他得爭取主動。目前最重要的還是先將蕭瑟搶回來。要不然，他失去了蕭瑟，他便要失去最可靠的憑藉。

於是，他急急的拉開房門。

但，他的腳步馬上又縮回來了。他看見昏亂而焦灼的周明夷，正向站在梯口想心事的小揚州走過去。

「先看她有什麼主意吧！」朱克對自己說：「萬一事情真的有了轉機，我又何必一定要暴露身份，反而添些難題呢？」

而對於這件事情，周明夷卻是毫無把握的。她就像一個漂浮在大海中的人一樣，即使她知道眼前這塊木片並不能拯救自己，但他仍要緊緊的抓住它，希望它能夠創造出奇蹟。

現在，小揚州看見她向自己走過來，有意調侃的說：

「唷，我說新娘子呀，妳這樣慌慌張張的幹嘛呀？」

「他被抓走了！」周明夷低喊道。

「沒抓妳不就得了！」

周明夷看見小揚州扭開頭，於是情急地拉著她的手臂，懇求道：

「我，我求求妳……」

「哎喲！那還用得著求呀！有甚麼事兒，妳只管吩咐就是了！」

「我求妳別這樣說！我，我求妳，妳幫幫我這個忙——救救他！」

小揚州冷冷的笑了笑。

「趙隊長現在不已經是妳的了嗎？」她說：「連妳都沒法救他，我小揚州又算得上哪一門呀！我看呀，妳還是下去求求妳的——他去吧！」說著，她摔開她的手，急急的走下樓。

「妳以為是我去搶他過來的是不是？」周明夷在她的身後懇切地說。當小揚州的腳步突然止住，她連忙接下去：「我是怎麼給抓回來的，妳又不是不知道！而且，現在妳救了他，就等於在救妳自己！」

「妳說甚麼？」小揚州不解地回頭問。

「妳和趙隊長的事，我全知道——老實跟妳說吧，那蕭先生就是我的未婚夫，如果妳能夠想法讓趙隊長放了他，再幫忙我們逃過去，我們一走——趙隊長不就還是妳的！」

「……」

看見對方在思索，周明夷機智地接上一句，她要挾道：

「不然，我留在這兒一天，他就一天是我的！」

這番話顯然是將小揚州打動了，沉思了半晌，她的眼睛驀然明亮起來。

「好的，」她眉頭一揚，決然地說：「妳先回妳的房裡去，我有我的辦法！」

「那，那麼就快點！」

小揚州的嘴角浮出一層陰險的獰笑，隨即返身急急的下樓。周明夷望著她的身影，忽然止不住掩面哭泣起來。

……

從騾子上樓去辦他的「公事」開始，張雄便坐在那兒想自己的心事。因此，當蕭瑟被押了下來，他並不覺得怎麼驚異，而劉老闆卻站了起來。冷眼旁觀，他突然對於劉老闆的巴結和阿諛感到痛恨，尤其是當他想到今兒晚上這一桌酒席；他由酒席聯想到被刀疤老六含糊過去的「對付騾子的計劃」；再由那個計劃記起前天晚上的情形……

他知道，刀疤老六的突然變卦，必然是有原因的；可是他又猜不透，「他又在變甚麼鬼把戲」？

現在，他獨自喝著悶酒，又開始強迫自己放棄那個想不明白的問題，去想想以後的事情。他想：騾子和那小妞兒，已成定局。但，小揚州雖然懸了空，為了面子，她不見得會馬上回到自己的身邊……

這時候，神氣活現地拿著手槍的趙隊長開始嚷了。

「呃——」他擺擺手。「來個五花大縛呀！」

刀疤老六停下手，不以為然地說：

「上法場？把手捆起來不就成了！你有這根玩意兒，還怕他會飛了？」

「好好好！你愛怎麼捆就怎麼捆！」趙隊長不耐煩地說。他突然接觸到蕭瑟那憤怒的凝視，於是便以一個勝利者凌人的意態笑了笑。劉老闆纔將蕭瑟的手捆好，他已經狠狠地推他了。

「走！」他詛咒道：「別他媽陰死陽活的！」

劉老闆搶上前去，他剛拉開門閂，外面緊厲的風雨順勢掃進店堂裡來。蕭瑟略一停頓，正要跨步，背後的趙隊長忽然躊躇地喊道：

「呃，呃……」

蕭瑟奇怪地回轉頭。坐在板桌前的張雄淡淡地說：

「隊長，我看呀，還是先坐下來乾兩杯，等雨小一點了再走！淋著雨回來洞房，可別鬧著玩兒啊！」

「可不是，」沒得到同意，劉老闆自管自地關上門。「——時間還早著吶！急甚麼？」

趙隊長皺皺眉，突然揪住蕭瑟反縛的手，粗暴地將他推到左面的牆角去。被推的人一時失去重心，跌坐在一張條櫈上。

「就讓你多活幾分鐘！」趙隊長惡毒地說。然後過去在板桌前面坐下來。

「小揚州！」劉老闆接著叫道。

剛下到梯口的小揚州應著。

「去，先把冷盤端出來，給隊長下酒！」

小揚州「嗯」了一聲。

等到劉老闆慇懃地替趙隊長斟酒，張雄纔發現小揚州仍然站在那兒。而且，更令他困惑的，她竟然在向這邊使眼色。

張雄望望左右，纔敢相信她的目標是自己。於是，停了停，他借故要到廚房去催菜，便離開板桌。

小揚州早就守候在廚門的旁邊。看見張雄走了進來，她一把將他拖到身邊，虛情假意地喊了一聲。

「張雄！」然後緊偎著他。

「呃，呃……」張雄受寵若驚地吶吶道：「妳——」

「我病了，你都不上樓來看看我！」她撒嬌地低下頭，解開他前襟的一隻衣鈕，又將它扣起來。

張雄感到困惑，一時答不上話。

「我知道，」小揚州傷心地故意扭開頭，「你恨我！」

「沒，沒有呀！」他急急地分辯。

「你還騙我！」她深情地瞟了他一眼，幽幽地說：「現在，我纔覺得，還是你待我好！」

蛇頭開始激動起來了。

「妳早就該覺得啦！」他說：「妳想想，我哪一點不好？哪一點比不過那頭騾子？」

「我知道。」

「好啦！現在他有了新的，不就把妳給甩了嗎？」

小揚州抬起頭，用手捫著張雄的口。

「張——雄——」她拖著聲調說。

「甚……甚麼事？」

「我問你，你——還喜歡我嗎？」她假裝羞澀地又低下頭。

「那——那還用說嗎！」他急急地表白。

「我不相信！」

「妳是不是要我指天賭個咒？」

「好，那麼我要你帶我走！」

「走？」張雄不解地問：「到那兒去？」

「過去呀！」小揚州注視著他的眼睛。「我不想再待在這種鬼地方！我們一起過香港去！」

「哦……那麼劉老闆——」

「他在我身上還沒賺夠呀！這幾年，我們作的孽已經作夠了。」

張雄摸著下巴，想了想，最後下了決心說：

「好的，說走就走！」

「不過——」小揚州神秘地頓住。

「不過甚麼？」

「我有個條件！」

「妳說妳說——甚，甚麼條件？」

「我要帶樓上的那個小妞兒一起走！」

「帶她？」蛇頭莫明其妙地指指樓上。

「嗯。」她認真地點點頭。

「這又為甚麼呢？」

「為甚麼？」她瞇著眼睛反問：「你想想這是為了甚麼？」

他想了想，忽然自作聰明地笑起來。

「哦，哦——妳真厲害！原來妳要讓騾子來個武太郎攀楨子——兩頭夠不著？」

「這還不是全為了替你出口氣嗎！」

張雄忘形地摟著小揚州的腰，要親親她。她用力推開他。

「你看你！」她制止地低喊道：「正事沒談完，就來了——噓，輕點，往後的日子還長著呢！」

他鬆開手，她緊接著問：

「怎麼樣，我的事你辦不辦得到？」

「現在，妳的事不就等於是我的事嗎，就算……」

「好，」她截住他的話：「還有外邊的那個姓蕭的——」

「怎麼還有呀？」

「唷！」她噘著嘴，生氣地說：「這一點點事就……」

「咱們現在是泥菩薩過江，」張雄為難地解釋：「連自己還保不住吶！我看呀，最好是少惹點麻煩。」

「我跟你說吧，那姓蕭的和那小妞兒是未婚夫妻，咱們就好人做到底，成全他們！再說，帶他們過去，還可以結結實實的敲一筆，那小子有的是錢，今兒個早上我一伸手，就是二十塊！」

「話是不錯呀！」他憂怯地說：「不過妳又不是沒看見，他人都給縛起來了！」

店堂外面，劉老闆忽然大聲向廚房催促。小揚州應了一聲，連忙靠近張雄。

「這個你別管，讓我來對付！你只要……」她在她的耳邊耳語，一邊比劃著手勢，最後，他重重的在他的肩上拍了一下，然後望著他的臉說：

「這一來——你還怕他不放！」

張雄還是沒完全弄明白，他問：

「等他把人放了，又怎麼辦呢？」

「你真糊塗！」小揚州又湊過頭去。「人放了，讓我來把他跟劉老闆打發開，你就先帶著他們兩個到河邊去等我，我跟著就趕來。等到騾子再回來洞房呀，咱們早就過去嘍！」

「妳真有一手呀！」張雄又要去親小揚州的臉。小揚州依了他，然後將他推開。

「好了好了！」她說：「你先出去準備，待會兒讓你看看我小揚州這兩下子怎麼樣！」

張雄帶著那份狂喜和激動的心情出去之後，小揚州解下圍裙，用手掠掠頭髮，然後端著冷盤走出廚房，一扭一擺向趙隊長那邊走過去……

十九

蕭瑟沉肅地坐在牆角的條櫈上，他靜靜的傾聽著外面的風雨聲，以及自己的心臟的搏動；彷彿這種聲音就是死神的腳步，正緩緩地向他走過來。他突然被無數紊亂而可怕的思想困擾著。對於自己，顯然他已經放棄一切希望了。他幾乎已經承認，「命運」並沒有緊握在自己的手裡，而是被冥冥中一種甚麼力量操縱著。但，當他屈服地將頭垂下來時，他忽然慚恧地抬頭望了望烏黑的樓板，他似乎已經看見周明夷那被痛苦扭曲了的臉，失去了光澤的浮腫的眼睛，和她那美好的在顫抖的嘴唇……

驀地，一種強烈的求生的慾望使他從消沉的意態中重新振作起來。他張大了眼睛，將目光凝聚在趙隊長露在腰後的那一支手槍上。

「我不能放鬆這最後一個機會！」他向自己說：「我怎麼能夠這樣讓他抓走呢？反正是死！我要拼完最後一點力量再死！」

於是，他緊咬著牙齒，企圖掙脫手上的繩子；他靈敏地用那幾個僅能活動的手指去探摸著繩結……

這時，小揚州懷著她的「大陰謀」從廚房裡走出來了。她將冷盤放在板桌上，然後含情地瞟了趙隊長一眼。

趙隊長從她的眼角眉梢發現了一點甚麼，他頭一歪，順手在她的屁股上摸了一把。

「我說我的小寶貝呀，」他打趣地說；「聽說妳病啦！」

小揚州故意讓開，一邊替他斟酒，一邊反嘴道：

「你話可得說明白點呀！誰是你的小寶貝？別讓樓上的人聽見了，這罪名我小揚州可擔當不起呀！」

「好哇！妳居然還……」

「來，隊長！」她輕笑著，向趙隊長舉起杯子。「咱們撇開以前的不提，今兒個晚上是你的大喜日子，我小揚州敬你一杯！」

「嘿！」趙隊長一時摸不透她的心理，搭訕道：「小揚州怎麼突然一下子就變得關通起來了！」

「還不是向你『學習學習』嗎？」

「這纔『前進』呀！」趙隊長得意地笑了。「——來！咱們碰碰杯！」

在他們喝酒的時候，劉老闆忽然發現張雄的神色有點奇怪，他非但毫無醋意，反而笑得更自然。正想發問，張雄的腳已經在桌子底下踢踢他，於是他會意地向他靠過去，用心細聽著對方的話。

現在，小揚州又斟了第二杯酒。

「來！再乾一杯！」她笑著說：「所謂好事成雙呀！」

「妳真會說話！來！再碰碰杯！」

在黑暗的牆角上的蕭瑟，已經將第一層環結解鬆了，他沉著地將手前後扭動著……

這邊，小揚州接著將第三杯酒舉起來。

「再敬你一杯！隊長。」

「怎麼，妳存心要把我灌醉呀？」

「三元及第！只不過是討個吉利嘛！」

「哦，吉利！待會兒不又接著四季發財，五子登科了嗎？」

小揚州拉開趙隊長的毛手，嬌憨地叫道：

「唷！你是海量，杯把酒，又算得甚麼？你還不知道——這酒呀，還是我特地為你買的好酒呢！」

「哦……」小揚州這種詭譎的語調使趙隊長吃了一驚，他疑神疑鬼地聞聞杯裡的酒。她猜透了他的心意，便說：

「來，我跟你換個杯子喝！」

「啊，呃……」他放了心，換過她的杯子。「來——乾！」

現在，聽完了張雄的話，刀疤老六那兩道粗黑的眉毛緊緊的抖結起來。顯然，這些話在他的心裡起了作用，他半睇著那雙渾濁的眼睛，臉色陰沉的諦視著趙隊長。

趙隊長放下酒杯，這纔發覺劉老闆和張雄的神色不對，於是他詫異地問：

「又是甚麼事？」

「何必問呢？」刀疤老六沉鬱地同答：「所謂光棍不斷人財路！你這樣做，未免——未免有點太過份了吧！」

「我做了甚麼？」騾子抑制著。

「甚麼！啱！」

趙隊長回頭望望蕭瑟。他刁詐地笑著，用那種含有威嚇意味的聲調問：

「他是一個通緝犯，難道我抓他也抓錯啦？」

「我沒說你抓錯呀！不過，我覺得這不是時候！」

「甚麼時候纔是時候？」

「這傢伙是咱們搭上了線的黃魚，」劉老闆低聲解釋道：「你這樣把他帶走，那麼咱們這一筆，該找誰去要去呀？」

他們這一段談話，蕭瑟一句也沒聽清楚。不過，從他們的臉色上看，知道這件事一定很嚴重，而且絕對與自己有關。因為趙隊長曾經回頭望過自己一眼。現在，他看見趙隊長陰險的沉默著，轉動著手中的酒杯——這是一種在決定某種重要事情之前的動作，他在作品中曾經這樣描寫過，所以，他得在這場風暴（他想：應該是一次風暴）發生之前掙脫繩索，給他來一次猝不及防。他想：

——當那支手槍到了我的手上……

板桌邊，刀疤老六用那種蕭瑟無法聽到的聲音說：

「你想，在深圳，遲抓早抓，人還不是你的！再說，那個時候再一起把他們幹掉，」他擠擠眼睛，「——還熱鬧點！」

小揚州知道時機已經成熟，她伸手去端酒。

「可不是——來，隊長，啊……」她假裝無意的將酒潑翻在趙隊長的身上，於於她急忙跪下，用手絹去替他揩拭，一邊用眼色和手勢去向他暗示。

很快的，趙隊長完全明白過來了。但，並不如小揚州所想像的那樣單純。反而由於她的暗示，他將她的突然變得「開通」，和張雄那種暗喜的神色連接在一起。他馬上就覺察到這其中一定有些蹊蹺。起先，他本來已經打算答應刀疤老六這個要求的，可是現在他陡然變卦了。他認為：在他摸不透他們（連刀疤老六在內）究竟在搞甚麼鬼之前，為了安全，他不得不小心從事。

就在蕭瑟掙脫掉手上的繩索，正要衝過去搶奪他掛在腰後的手槍時，趙隊長霍然站起來，他的右手習慣的按在槍把上。

「對不起！」他乖戾地笑笑，厲聲道：「這，我可辦不到！」

小揚州和張雄互相望了一眼。趙隊長跨出條櫈，斬釘截鐵地繼續說：

「我告訴你們，你們可得給我放明白一點！」他瞠視著他們。「我的公事，最好是少管！」說著，他恫嚇地拔出手槍，頓了頓，才轉身去命令後面的蕭瑟。

「站起來！走！」

蕭瑟注視著手槍那烏黑的小圓孔，緩緩地站起來。現在，已經沒有時間讓他再作任何考慮，於是他心一橫，穩重地向拿槍的人走過去。

「向這邊走！」趙隊長機警地向後退一步，揚揚手槍，叫道：「你聽到沒有？」

驀然，一個突變比蕭瑟的行動來得更快。朱克已經用急步從樓梯的轉角跨下來……

「這位同志，慢一點！」他大聲叫道。

蕭瑟和所有的人一起向他望去。他馬上認出，這就是在火車上跟蹤他的人。

「啊……」他震顫了一下。危急間，他正想奪門而出，但，趙隊長已經截住去路。他以背抵著板門，緊捏著手槍，竦然注視著向他走過來的人。

「站住！」他喝道。

朱克鎮定地在屋柱前面站住。

「別搞錯了，同志！」他指著蕭瑟，平靜地說：「你不能把我的人帶走呀！」

「你的人？」

「不錯，是我的人！」朱克隨手將一本硬皮的小冊子遞給趙隊長，嚴重地說：「你這一抓，把事給全搞糟啦！」

趙隊長驗過證件，他的眉頭跟著皺起來。因為它一點也不假，除了證明朱克的身份，還註明了他追緝「蕭索」的任務。想了想，他抬起頭，半真半假地說：「不過，你也把人抓錯了！」

「抓錯？」

「這上面註明是蕭索，」騾子刁難地抖抖手上的證件，「可是他，他並不是蕭索，他是蕭瑟！」

「對！你倒是蠻精明的！」朱克再將照片遞給趙隊長，譏誚地說：「喏，這是名作家蕭索的照片，讓你見識見識！」

趙隊長啞口無言了。咬咬下唇，他覺得自己不能當著他們，在這個人的面前示弱。於是他將證件和照片還給朱克。

「不錯，人，是這個人，不過——」他冷冷地說：「你別忘了，深圳是歸我管的啊！」

朱克真的笑了。

「你的意思，是不是說，深圳是你管的，你就可以違抗上頭的命令？」頓了頓，他正色地說：「上頭指定我來抓他，可沒指定你！」

「……」

「如果你一定要帶走這個人，也無所謂！」朱克含蓄地繼續說：「只要你現在給我開一張收據，我就把這個任務交給你，讓你去向上——頭負這個責！怎麼樣？」

騾子楞了一陣，然後忿懣地說：

「好吧！算你狠！」

「這實在是對不起！」

朱克歉然地向他點點頭，走過去押蕭瑟上樓去。蕭瑟一轉身，朱克馬上發現他手上的繩索已經掙脫了。於是他敏捷的摸出手銬，將蕭瑟的手銬上。

「走，到樓上去！」他向蕭瑟說。

他們上了樓，趙隊長仍然楞在那兒。最後，他望望手上的槍，又望望樓。忽然像是想起了甚麼，於是悶聲不響的順手扯下雨衣，匆匆著冒兩走了出去。

板門半開著，風雨斜斜的掃進來，掛在屋椽上的馬燈不住的在搖晃……

刀疤老六幸災樂禍地笑起來。有意味地說：

「這叫做：敬酒不吃，吃罰酒！」

正說著，朱克又急急忙忙的下樓來了。

「那位同志呢？」他向劉老闆問。

「剛出去了！」

朱克略一思索，隨即跟著走出板門。

二十

朱克離開客棧，是有計劃的。當時他躲藏在樓梯的轉角，小揚州和張雄在廚房裡所說的那些話，他非但聽見，而且還能夠從背後的板縫中看見。他從這些話中了解這家客棧——這個陷阱裡的一切情形，他開始明白他們之間的關係和矛盾。但，他卻從小揚州的身上找出了破綻；因為她在樓上答應周明夷的要求，是為了奪回趙隊長。而對張雄，卻要他帶著周明夷和蕭瑟逃過去。他只是那麼一比照，馬上便發現了小揚州的陰謀。接著，那個陰謀在進行了：小揚州那麼「開通」的敬趙隊長的酒，張雄借著這個機會用話去煽動視財如命的刀疤老六，於是，談判開始了。雖然他聽不見他們在說些甚麼，但他卻存著很大的希望，可是，最後竟然出乎他的意料之外。為了搶回蕭瑟，他不得不暴露自己的身份；同時，也造成了這個非常尷尬，非常難於處理的局面。

但，這種紛擾只是短暫的，他馬上由小揚州那已破滅的「陰謀」想到這件事。他想：

「我為甚麼不能讓他再從我的手中逃脫呢？」

主意這樣打定，他將蕭瑟押解回樓上。在這短短的一段時間內，已經被他想出一個巧妙的方法：既能使蕭瑟逃脫，而又能不將自己的意願顯示出來。

他將蕭瑟推進的房裡，將手銬的另一端鎖在床架上。當被鎖著人對他這種疏忽大意的舉動感到驚訝時，他故意不去望他，嘴上喃喃自語著，說是要到「公安局」去一趟。然後，匆匆忙忙的離開房間。

樓梯上的腳步聲剛剛停止，蕭瑟正要叫喊隔壁的周明夷，她已經激動而昏亂地走進來。

蕭瑟在床上坐著。她第一眼便發現他的左手被手銬鎖在床架上。她帶著那悲痛的顫聲向他撲過去，哽咽地喊道：

「這怎麼辦呢？怎麼辦呢？」

蕭瑟撫著她的肩，用笑去安慰她。

「明夷，」他握住她的臂沉著地說：「妳去把桌子挪開，看看那個人走了沒有？」

周明夷照著他的話做。她很快的便抬起頭說：

「他出去了，剛剛出去！」

於是，蕭瑟要她伸手到自己左面的內衣袋裡，將那把曾經用它來挖地板的四開小刀拿出來。然後吩咐她繼續偵伺著樓下，自己則用刀子去削斷那條床架。

發現周明夷憂怯地望著自己，蕭瑟一邊用力削，一邊勸慰。

「妳還是注意著下面吧！」等到她又將頭伏去下，他纔繼續說：「這根木條是很容易弄開的！弄開了，我們就從窗口逃出去，先找個甚麼地方躲起來再說——啊！」

他一不小心，刀口飄起來，將左姆指劃破了。

「不要緊的，妳別管我！」他忍著痛，彎著食指去將傷口按住。「這樣就行了！我們只不過是找錯了門，在深圳，帶人過去的蛇頭多得很吶！」

「慢點！」周明夷機警地舉手制止，頭仍然貼在樓板上。停了停，她鬆弛下來說：「好了，她進廚房去了！」

「還有甚麼人在那裡？」他問。

「那個老闆和蛇頭，他們在說話。」

「妳聽聽看，他們說些甚麼？」

她將耳朵貼在洞孔上，蹙著眉。

「聽不清楚！」她抬起頭說。

「不管他！」蕭瑟堅定地喊道：「你繼續看，這木條就快要斷了！」

二十一

劉老闆他們眼望著朱克出了店門。半晌，纔回過頭來，面面相覷地望著。

在這個時候，他們三人的心情是各個不同的。小揚州從趙隊長拒絕釋放蕭瑟開始，她便灰了心，他幾乎無心去想朱克的問題。目前最重要的，就是如何處理自己與張雄的諾言。本來，她的計劃（那個陰謀），是十分狠毒而周詳的，只要趙隊長放了蕭瑟，他便找個機會將張雄要帶蕭瑟逃過去的消息告訴他；但，對於周明夷也一起走，她要絕對隱瞞，她想，這樣一來，趙隊長一定會依照前天的計劃，派兵到河邊去將他們幹掉。這個結果，當然是最理想不過的。但是現在，情況完全變了。萬一張雄逼著自己跟他走，又該怎麼辦呢？還有甚麼補救的辦法呢？

至於這兩個問題，張雄並不感到困惑。他想：蕭瑟既然出了事，走不了，他正求之不得。而他們的原意既然是在報復騾子，讓他兩頭落空，那麼只要帶走周明夷就成了。於是他望了小揚州一眼，以為她的想法一定也和自己所想的一樣。

而刀疤老六卻不然，他是那種喜歡動腦筋的人，為了要探究事情的根源，他將所有的事情連在一起。比如：蕭瑟的裝病不走，小揚州的突然變得「開通」，張雄那種掩飾不住的快樂的神色，趙隊長的堅拒和朱克的詭秘。但，由於關係的繁複，他一時摸不清其中的線索，因此，他愈加認為這不是一件好事情——至少，對於他不是一件好事情。

驀然，他那麼清晰的記起趙隊長那種莫測高深的意態，以及所說的，那種帶骨頭帶刺的話。於是，問題再回到「多活一天」的張雄的身上；再由張雄的身上，他又想到：

「騾子會不會一不做，二不休，連我一起下手？」

那些想不通的困惑加深他的疑慮，他幾乎認為這是必然發生的事情了。所謂好漢不吃眼前虧，他不得不及早防備。擺在眼前的，就是利用一下張雄。

現在，小揚州進了廚房，他們的眼睛又相遇了。

「我看，這裡面一定大有文章！」劉老闆沉重的說。

張雄同意地點點頭。

「這兩天的動靜，你還沒有看出來？」

「我一點也不知道呀！」

「你當然是不知道！」刀疤老六冷酷地笑了笑，正色地說：「我老實告訴你吧，你死到臨頭，還在做夢呢！」

蛇頭驚駭地張著嘴。

「其實，也沒甚麼大不了的，」劉老闆平淡地接上一句：「很簡單，騾子要幹掉你！」

「幹，幹掉——」張雄指指自己。「——我？」

「你以為他捨不得？你以為他有了那個小妞兒，小揚州就會還給你？」

「啊……」張雄睜著那雙失神的眼睛，下意識地摸摸自己的脖子，喉管裡發出那種類乎呻吟的顫聲……

劉老闆伸手去按住他的肩頭，他嚇了一跳。

「我說張老弟，」劉老闆說：「如果我刀疤老六不把你當自己人看，你死你活，我纔懶得管這種閒事兒呢！」

「……」

「還是我以前說的那句話，有他在，咱們這口飯就吃不長，哪一天他覺得咱們礙他的眼，他就哪一天……」

蛇頭渾身顫抖起來，他六神無主地低喊道：

「這，這——怎麼辦呢？」

刀疤老六重重的在他的肩膀上拍了一下。

「事到如今，你怕也沒用！」他迅速地將手槍掏出來，塞到張雄的手上，挑撥地說：「喏——拿去！待會兒找個機會，趁他不防，就來個先下手為強！」

張雄昏惑地望著手上的槍。

「你放開膽子幹好啦！」刀疤老六撫著刀疤，慫恿道：「就是天塌下來，我刀疤老六也替你撐住！」

蛇頭抬頭望了劉老闆一眼，終於遲疑的將手槍插進褲腰裡。

「來，先坐下來乾兩杯，壯壯膽，」劉老闆用手圍著他，向板桌走過去，「等他回來了，再見機行事！」

纔要坐下，小揚州在廚房裡大聲嚷起來：

「老闆，快來幫我拿一拿——啊，快點快點。」

刀疤老六詛咒著，走進廚房去。

小揚州像剛纔等候張雄一樣，站在門邊。見劉老闆走了進來，她連忙用手勢向他暗示。

「老闆，」她急切而誠實地低聲求援道：「你看這事情該怎麼辦！」

「甚麼事？」刀疤老六一把捉住她的臂，低促地問。

小揚州探頭過去向店堂外邊望望，然後困難地把自己弄糟了的事，和心裡對這件事的恐懼，原原本本的說出來……

二十二

那把鋒利的刀子不停的在床架的橫木上削動，蕭瑟不時移過目光去望望全神專注著樓下的周明夷。雖然只有短短的幾分鐘，但在他的感覺上，似乎已經工作了好幾小時了。慌亂中，他曾經又割傷了手背；不過，他任由那些血去流，他已經無暇顧及這些了。

「回來了沒有？」他再次這樣發問。

她用深情的目光回答他。

「要不要我來幫你的忙？」她憐惜地說：「你的手一定很累了！」

「不要緊，馬上就要斷了。想不到這根木頭那麼結實！」他抓著手銬當中的鐵鍊，用力拉了兩下。「——妳還是盯著下面吧！」

又過了一些時候。由於一時心急，當它想用刀去撬斷一片夾在縫隙間的木片時，刀子突然折斷了。

周明夷吃驚地望著他。

被撬斷。

「糟了！怎麼辦呢？」她憂怯地問。

「沒關係，」他將刀子遞給她。「妳來替我打開，那一頭還有一把比較小的！」

因為小的那把刀口太鈍，所以蕭瑟用起來非常吃力。一方面，他又得小心的防備著，不使它再被撬斷。

驀然，周明夷驚惶地叫起來：

「那個蛇頭上樓來了！」

蕭瑟停止工作，樓梯上果然有輕微的響聲。

「妳剛纔沒看錯，」他問：「那老闆真的把手槍遞給他？」

「絕對沒看錯！」她肯定地回答。

已經沒有時間讓他去想。蕭瑟焦急的望望門，於是猛力扯動那將要割斷的床架。可是床架依然絲毫未動。現在，腳步聲已在走道上響起來了，他緊咬著牙，扭動著手銬，鮮血又開始涔涔的從左手的創口，和被手銬收緊的齒扣所刺傷的手腕上流下來。

周明夷驚駭地緊靠著他。

門開了，但開的是隔壁的門。張雄發現那裡面空無一人，於是他氣急敗壞地闖到蕭瑟這邊來。

他們全怔住了。蕭瑟和周明夷不知道他上樓來是什麼用意，而且要逃走的意圖又被他撞破了，心裡到底有點惶惑不安。至於張雄，他的驚訝也不下於他們。他看見周明夷緊偎在蕭瑟的身旁，他已經一目了然。他的眼睛隨即落在床架上時，在這轉瞬間，他突然變了主意。他承認，自己身上儘管有手槍，但他卻沒有這份決心和勇氣去對付趙隊長。他要上來帶走周明夷，只是為了出一口氣，對騾子報復。而現在由於蕭瑟這個意圖，使他想起兩件事：一件是多一個人，可以壯自己的膽；另一件是錢。他沒有忘記小揚州的話，「他有的是錢」。

於是，不知從那兒來的一股勇氣，他幾乎是堅決的過去舉起腳跟，猛力將已經削掉一大半的床架蹬斷。

蕭瑟帶著那已從床架上脫開的手銬站起來。

「你們別怕，」張雄懇切地說：「我要帶你們逃過去！」

「帶我們？」蕭瑟不解地反問。

「你們非要相信我不可，這次是真的！」蛇頭困難地表白：「真的過去——連我也要過去！」

蕭瑟完全明白了。他回過身，接住周明夷的手。

「那麼馬上就走！」看見張雄走出房門，他謹慎地問：「——我們從這邊下去？」

「嗯。走！」

「那位店老闆，不是……」

「沒關係，你們跟著我走就是了！」張雄胸有成竹地說：「不過，腳步要放輕一點，他們在廚房裡。」

於是，他們跟在張雄後面，輕輕的走下樓……

但，事情大出張雄的意外，劉老闆並沒有如他所想像那樣，被小揚州留在廚房裡。當他下到梯口時，纔猛然發現，劉老闆赫然站在屋柱的前面，擺出一副攔路的架式。小揚州神情緊張的躲在他那龐大的身體後面，畏怯地注視著張雄。

張雄只是微微怔了一下，便鬆弛下來了。

「張雄，你要幹嗎？」劉老闆搶先問。

「沒甚麼！」

「沒甚麼？」劉老闆指指背後的蕭瑟和周明夷。「他，他們——」

「我要帶他們過去！而且……」

「而且還有小揚州，是不是？」劉老闆截住他的話，怪聲笑起來。「——這未免看得太容易啦！」

張雄裝模作樣地嘛嘛嘴。說：

「這又有甚麼麻煩！」

蕭瑟緊緊的拉著周明夷的手。他焦慮地逼望望板門，看見劉老闆向前逼近，他催促地碰碰張雄的肘拐。

「不過，我說張老弟，」劉老闆沉鬱地說：「你要帶誰過去，我都不管！可是小揚州，是我花了幾千塊人民幣買來的啊！」

「我知道，只要我張雄有出頭的一天，我加倍還你就是了！」

「說得倒漂亮！我告訴你，有我刀疤老六在，你就休想動她一根汗毛！」說著，他突然伸手探入袍內。

但，張雄早有準備，那支小手槍已經從袋裡取出來，對準刀疤老六。他獰惡地笑道：「你真是貴人多忘事呀，槍在這兒吶！」

劉老闆駭然退後一步。

「要命的話，讓開！」張雄命令道：「小揚州，過來！」

「好呀！張雄！」刀疤老六低喊著。他強作鎮定地撫著刀疤，向虛張聲勢的張雄逼近。「真是大水沖翻龍王廟，沒想到我刀疤老六，今天也會栽在你的手裡！」

發現刀疤老六那雙發著兇光的眼睛盯著自己，而且一步一步的向前走近。張雄忽然膽怯起來。他一邊退，一邊大聲警告：

「站，站著！」

「你怕甚麼呀？」

「你再不站著，我，我就……」

「……」刀疤老六指著張雄的槍，低聲說：「你看，你的手——」他沒把話說完，猝然撲過去。

蕭瑟和周明夷機警地閃開。刀疤老六將瘦小的張雄撞靠在帳櫃上，他的右手緊扼著蛇頭的咽喉，左手去搶奪手槍。接著，手槍發出兩下窒悶的響聲。他的身體顫慄一下，嘴裡發出短短的呻吟；他的手跟著鬆開了，笨重的身體緩緩的倒下。

小揚州瘋狂的尖叫起來……

顯然是被眼前這種可怕的景象駭住了，張雄拿著槍，木然地望著刀疤老六的屍體。那留在嘴角上的，難看的笑容，就像是被一個拙劣的木匠刻在一塊粗糙的木板上一樣。

蕭瑟一把抓住他，叫道：「趕快逃吧！」

張雄清醒過來，於是急急的跨過那具屍體，拖著那已經陷在極度恐懼中的小揚州，倉皇地跟著蕭瑟他們走出客棧……

狂風拍動著那兩扇板門，雨水被斜斜的掃進店堂裡。馬燈在搖擺著，以致它那不安的光影時明時暗的在刀疤老六那張死寂的臉晃動；他那雙可怕的，翻著的黑眼珠，像是在斜睨著牆上的時鐘。

時鐘的指針，正指著午夜十二時。

二十三

雨在愁慘地下，風在咆哮。

他們四個人在黑暗中踉蹌地走著，順著一條泥濘的小路，向河岸那邊摸索過去……

張雄走在前面。這時他的心中充塞著一種強烈的激動。他緊緊的捏著小揚州的手，不時回頭去望望她。雖然他並不能窺見她的神態，不過，他知道，她是被剛纔所發生的事情嚇呆了。從離開客棧開始，她始終麻木地隨著他的拖動，跌跌撞撞的走著。至於他自己，除了要想立即趕到河邊去，他的腦子裡空洞得連一點思想都沒有。

當他們能夠隱約聽見急激的流水聲時，蕭瑟在他的背後問：

「快到了吧？」

「噓，輕點聲！」張雄回轉頭，低聲回答：「前面就是鐵絲網，別讓碉堡那邊的哨兵發現了！」

於是他們又繼續走起來……

現在，張雄換了另外一條路走。這條路他非常熟識，以前，他曾經帶過那些偷渡者從這兒過去。他一邊走，一邊回想著當時的那一段生活；那些土丘，矮樹叢，以及附近隱約可辨的景物？使他想起許多被他遺忘的事情。

「假如我不是為了她，」他望望身後的小揚州，想道：「也不會去做這種事！現在，也不會這樣走了！」

刀疤老六那可怕的影像突然顯現在他的眼前，就像在客棧裡一樣。他那臃腫而沾滿血漬的身體攔住去路，他撫著刀疤，乾澀的笑著……

張雄受驚嚇地頓住腳，打了一個冷戰，陡然畏縮起來。走在後面的蕭瑟覺得奇怪，推推他。

「前，前面……」顫聲從他的喉管裡發出。

蕭瑟並沒有發現甚麼異狀，他身旁的周明夷卻在發抖了。她緊偎著他，說不出話。

他再用力搖撼被幻象昏迷的蛇頭。

「前面沒有甚麼呀！」他提示地說。

蛇頭伸手去抹抹眼睛裡的雨水，纔漸漸恢復了神志。

刀疤老六的鬼魂雖然沒有攔在前面。可是，死神卻已守候在他們的後面。當他們再開始舉步時，背後突然發出一串陰森可怖的怪笑……

他們驟然惶悚地回轉身。那個黑影走出矮叢，威嚇地嚷道：

「走呀！怎麼又不走了呢！」

小揚州突然掙扎起來：

「趙隊長！」她嘶叫道：「趙隊長！」

這整個空間在霎時間被凝固起來了。對剛纔的幻象尚有餘悸的張雄完全失去了主意，他本能地抓住小揚州，掩護自己。蕭瑟則拉著周明夷退到他們的後面去。

「好呀——一來就是兩對！」

遠處由碉堡發射的探照燈光，開始沿著河岸搜索過來，又在他們的前面掃過去……

蕭瑟很清楚的看見，趙隊長手上拿著槍，笑裡充滿了殺機。於是他急急的警告旁邊發楞的張雄。

「你開槍呀！開呀！」

騾子並不知道張雄手上也有槍。據他所知，大不了只有一把匕首。所以他以為蕭瑟這句話是對他說的。

「格娘賣×的！」他冷笑道：「你還當我連槍都開不來呀——好！你們好好的給我站著，見識見識老子的槍法！」

說著，他側著身，緩緩的將舉槍起來，瞄準——

「不！不——隊長！」小揚州慘叫著。

就在蕭瑟要去奪取張雄的手槍時，小揚州突然咬開張雄的手，發狂地向趙隊長奔跑過去……

「他，他也有槍！」她叫著。

趙隊長震顫了一下。幾乎是在同一個時間裡，他和張雄的槍一起發射了。

槍聲的迴響在風雨的夜空中傳盪開去……

張雄連半點聲息也沒發出，便伏倒在地上。而在狂奔中的小揚州卻痙攣一下，撲倒在趙隊長的胸前。危急間，蕭瑟拖著周明夷向右邊的河岸奔逃……

火舌又從槍口噴吐出來了，蕭瑟猝然倒下，他的右腿中了槍。但，他掙扎著，和他跟著倒下來的周明夷，急急的滾爬到這小坡地的背後去。

那道耀眼的探照燈隨即向這邊照射過來……

小揚州背部的劇痛很快的過去了，現在她只感到一種罕有的疲乏，從她的體內向外蔓延，致使她那緊抱住趙隊長的手，漸漸無力支持身體的重量，緩緩的滑落下來……

「隊……隊長！」她喘息著，含糊地低喊：「你放，放——放了他們！」

趙隊長始終沒有移動過腳步。現在，雖然蕭瑟和周明夷的身體被那小坡地遮著；但，他知道他們是逃不掉的。因為他們還得爬過前面的鐵絲網，纔下得了河。而且，在這個距離之內，能夠逃過他手上的槍，那簡直是一件不可能的事。

探照燈光在河心逡巡，忽然在遠處停止了。緊接著，是一排緊密的機槍聲……

「你，你的腿！」周明夷痛苦而昏亂地望著蕭瑟的眼睛。

「別管它！」蕭瑟咬著牙，堅定地說：「來，我們準備，動作要快！——走！」

他將周明夷一推，順勢掙扎起來，把手上一大把砂土向趙隊長摔過去。然後，他連奔帶爬的撲到鐵絲網的旁邊。他也顧不了手上的皮肉被網上的尖刺扯破，他跪在地上，膝頭壓著最低的那一條鐵絲；用手和肩頭將上面的那一條撐開。他急急地向她叫道：

「快鑽！快！」

趙隊長霎著眼，被蕭瑟突如其來地撒進眼睛裡去的砂屑，使他無法看清眼前的景物。

「你們逃吧！」他咬牙切齒地詛咒。隨即舉槍向那一團黑暗發射。子彈貫穿蕭瑟的肩胛。

「快！快！」他勉力支撐著，可是終於又頹然俯倒下來。

「怎麼樣，我看那小子完事兒了吧？」趙隊長冷笑地問。一邊用手揩拭著眼睛。

小揚州繼續向下滑，但她仍緊抱住趙隊長的腰。

「放了他們！」她困難地要求著：「我，我是——你的……」

「臭婊子！」趙隊長厭惡地將她踢開。「死開！」

她仰跌在地上，求助地向他伸出手，她的嘴唇在顫抖著，可是已經發不出聲音——然後她的手跌了下來。半晌，她的身體又開始蠕動，她反轉身，掙扎著，向張雄的屍體爬過去……

探照燈由遠而近……

「還要我再補他一槍嗎？」騾子從探照燈的反照中得意地問。

周明夷注視著在痛苦地喘息的蕭瑟，心中突然升起一個新的意念。個人的自由多麼渺小啊！

她向自己說：為了報仇，為了救他，我要回去！

於是她用身體掩護著蕭瑟，堅決地對著趙隊長說：

「你放了他，我就跟你回去！」

「不！不能！」蕭瑟緊抓著鐵絲網的木柱，低促地叫道：「妳，妳不能這樣……」他又乏力地倒下來。

「放了他？」趙隊長一步一步向他們逼近。「現在放了他，他也走不了呀！」

「別再過來！」周明夷厲聲警告：「你再過來我就自殺！我——我手上有刀！」

趙隊長停住腳步。這時，小揚州已經爬近張雄。但，手槍在他的右手上，於是她再勉力爬上他的背，伸手過去取那支手槍……

「好！我答應你！」趙隊長詭詐地應道。

「那麼你先退後，」周明夷用平靜的聲音說：「不許你再開槍！」

「不開！說不開就不開！」他狡猾地笑笑。微微向後退兩步。「好啦！妳現在總可以放心過來啦！」

周明夷再低下頭，痛惜地望了蕭瑟一眼。然後，她將自己的手從他那無力而冰冷的手中抽出來，毅然站起身，沉肅地向趙隊長走過去……

小揚州的手指顫抖著，抓著地面的泥濘，希望能夠將她的身體略為向前移動；可是，當她的手指已經觸及槍柄的時候，突然整個鬆弛下來，死去了。死在她最憎恨的——也是最愛她的，蛇頭張雄的身體上？

探照燈光又緩緩移過來了……

周明夷的身影浮現在一片光暈的上面。她渾身透濕，散髮被雨水貼在額上。她那發光的眼睛直直的注視著叉著腿，站在前面的那個拿槍的人。

趙隊長冷酷而乖戾地笑著當周明夷已經走近來，他馬上背信地舉槍向蕭瑟發射。

可是，纔要扣動扳機，他的身體忽然劇烈地顫動起來——

背後連續的響了四槍。

他發出慘叫，仰起頭，用手去抓自己的背。於是，他遲鈍地扭轉身，像一段朽木似的倒下。

周明夷霎時失去知覺，她看見一個男人很快的向她奔跑過來……

二十四

探照燈瞬間又照射過來了。接著是一排鎮壓的機槍聲……

朱克敏捷地用力將周明夷一拉，和她一起跌倒在小土丘的背後。當亮光剛從頭頂掠過，他連忙衝起來，拖著她向鐵絲網跑去。

「快走！」他說：「我們去扶他過去！」

周明夷昏惑地依從了他。他們扶起蕭瑟。蕭瑟疲乏地望望她然後回過頭將目光停留在朱克的臉上。

「你，你是……」蕭瑟驚異地問。

「現在，我們是同志了！」朱克深摯地回答：「走！我們過去了再說！」

說著，這位「跟蹤者」掏出一把鐵鉗，迅速而熟練地將鐵絲網剪開，然後和少女挾扶著受傷的人，涉水渡過這條血河……

潘壘全集08　PG1235

新銳文創
INDEPENDENT & UNIQUE

地獄之南

作　　者　　潘　壘
責任編輯　　劉　璞
圖文排版　　周好靜
封面設計　　王嵩賀

出版策劃　　新銳文創
發 行 人　　宋政坤
法律顧問　　毛國樑　律師
製作發行　　秀威資訊科技股份有限公司
114 台北市內湖區瑞光路76巷65號1樓
電話：+886-2-2796-3638　傳真：+886-2-2796-1377
服務信箱：service@showwe.com.tw
http://www.showwe.com.tw
郵政劃撥　　19563868　戶名：秀威資訊科技股份有限公司
展售門市　　國家書店【松江門市】
104 台北市中山區松江路209號1樓
電話：+886-2-2518-0207　傳真：+886-2-2518-0778
網路訂購　　秀威網路書店：http://www.bodbooks.com.tw
國家網路書店：http://www.govbooks.com.tw

出版日期　　2014年12月　BOD一版
定　　價　　280元

版權所有・翻印必究（本書如有缺頁、破損或裝訂錯誤，請寄回更換）
Copyright © 2014 by Showwe Information Co., Ltd.
All Rights Reserved

Printed in Taiwan

國家圖書館出版品預行編目

地獄之南 / 潘壘著. -- 一版. -- 臺北市 : 新銳文創,
2014.12
面；　公分. -- (潘壘全集 ; PG1235)
BOD版
ISBN 978-986-5716-35-6 (平裝)

857.7　　103021430

讀者回函卡

感謝您購買本書，為提升服務品質，請填妥以下資料，將讀者回函卡直接寄回或傳真本公司，收到您的寶貴意見後，我們會收藏記錄及檢討，謝謝！
如您需要了解本公司最新出版書目、購書優惠或企劃活動，歡迎您上網查詢或下載相關資料：http:// www.showwe.com.tw

您購買的書名：______________________________

出生日期：________年________月________日

學歷：□高中（含）以下　□大專　□研究所（含）以上

職業：□製造業　□金融業　□資訊業　□軍警　□傳播業　□自由業

□服務業　□公務員　□教職　□學生　□家管　□其它____

購書地點：□網路書店　□實體書店　□書展　□郵購　□贈閱　□其他

您從何得知本書的消息？

□網路書店　□實體書店　□網路搜尋　□電子報　□書訊　□雜誌

□傳播媒體　□親友推薦　□網站推薦　□部落格　□其他________

您對本書的評價：（請填代號　1.非常滿意　2.滿意　3.尚可　4.再改進）

封面設計____　版面編排____　內容____　文／譯筆____　價格____

讀完書後您覺得：

□很有收穫　□有收穫　□收穫不多　□沒收穫

對我們的建議：______________________________

____

____

____

請貼
郵票

11466
台北市內湖區瑞光路 76 巷 65 號 1 樓
秀威資訊科技股份有限公司 收
BOD 數位出版事業部

....

（請沿線對折寄回，謝謝！）

姓　　名：________________　年齡：________　性別：□女　□男

郵遞區號：□□□□□

地　　址：________________________________

聯絡電話：（日）________________（夜）________________

E-mail：________________________________